बाईसवीं सदी

राहुल सांकृत्यायन

राधाकृष्ण पेपरबैक्स

पहला संस्करण 1931 में प्रकाशित

राधाकृष्ण पेपरबैक्स में
पहला संस्करण : 2025

राधाकृष्ण पेपरबैक्स : उत्कृष्ट साहित्य के जनसुलभ संस्करण

राधाकृष्ण प्रकाशन प्रा. लि.
जी-17, जगतपुरी
दिल्ली-110 051
द्वारा प्रकाशित

शाखाएँ : अशोक राजपथ, साइंस कॉलेज के सामने, पटना-800 006
पहली मंजिल, दरबारी बिल्डिंग, महात्मा गांधी मार्ग, प्रयागराज-211 001
1, अनमोल सोराबजी संतुक लेन, धोबी तलाव, मरीन लाइंस, मुम्बई-400 002
वेबसाइट : www.radhakrishnaprakashan.com
ई-मेल : info@radhakrishnaprakashan.com

विकास कंप्यूटर एंड प्रिंटर्स
ट्रॉनिका सिटी-201 102
द्वारा मुद्रित

मूल्य : ₹199

BAISVIN SADI
by Rahul Sankrityayan

ISBN : 978-93-48157-54-6

दो शब्द

सन् 1918 ई. का अप्रैल या मई का महीना था। रात्रि के शेष प्रहर में विश्वबन्धु का यह भ्रमण-वृत्तान्त, स्वप्न और जागृत दोनों अवस्थाओं में से नहीं कहा जा सकता कि किस अवस्था में दृष्टिगोचर हुआ। उसी समय क्रमानुसार इसका एक संक्षिप्त विवरण लिख लिया गया था; किन्तु समयाभाव से उसे विस्तारपूर्वक प्रकाशनोपयोगी न किया जा सका था। वह संक्षिप्त विवरण एक मित्र की असावधानी से खो गया। कितने ही समय तक प्रतीक्षा करने पर भी जब उसके मिलने की आशा बिल्कुल न रही, तब स्मृति से जहाँ तक हो सका, बहुत संक्षेप में यह निबन्ध हजारीबाग जेल में 9-2-24 से लिखा गया। यद्यपि मूल अंशों में कोई परिवर्तन नहीं हुआ होगा, किन्तु बाहरी बातों में अनेक हेर-फेर होना बिल्कुल सम्भव है।

किस अभिप्राय से यह पुस्तक लिखी गई, एवं कहाँ तक इसमें सफलता हुई, यह पाठकों ही पर छोड़ा जाता है।

—राहुल सांकृत्यायन

राहुल सांकृत्यायन

राहुल सांकृत्यायन का जन्म उत्तर प्रदेश के आजमगढ़ जिले के पन्दहा गाँव में 9 अप्रैल, 1893 को हुआ था। मूर्धन्य और अन्तरराष्ट्रीय ख्यातिप्राप्त विद्वान राहुल सांकृत्यायन साधु, बौद्ध भिक्षु थे, यायावर थे, इतिहासकार और पुरातत्त्ववेत्ता थे, नाटककार और कथाकार थे। वे जुझारू स्वतंत्रता-सेनानी, किसान-नेता, जन-जन के प्रिय नेता भी थे।

उन्होंने धर्म, संस्कृति, दर्शन, विज्ञान, समाज, राजनीति, इतिहास, पुरातत्त्व, भाषा-शास्त्र, संस्कृत ग्रंथों की टीकाएँ, अनुवाद और इसके साथ-साथ रचनात्मक लेखन करके हिन्दी को इतना कुछ दिया कि हम सदियों तक उस पर गर्व कर सकते हैं। उन्होंने जीवनियाँ और संस्मरण भी लिखे और अपनी आत्मकथा भी। अनेक दुर्लभ पांडुलिपियों की खोज और संग्रहण के लिए व्यापक भ्रमण भी किया।

उनकी प्रमुख कृतियाँ हैं—'वोल्गा से गंगा', 'घुमक्कड़-शास्त्र', 'मेरी तिब्बत यात्रा', 'मेरी यूरोप यात्रा', 'किन्नर देश में', 'मध्य एसिया का इतिहास', 'मानव समाज', 'वैज्ञानिक भौतिकवाद', 'दर्शन दिग्दर्शन', 'राहुल वाङ्मय'।

उन्हें 1958 में 'मध्य एसिया का इतिहास' के लिए 'साहित्य अकादेमी पुरस्कार' से पुरस्कृत किया गया। भारत सरकार ने 1963 में उन्हें 'पद्म भूषण' से अलंकृत किया।

14 अप्रैल, 1963 को उनका निधन हुआ।

क्रम

द्वितीय संस्करण

'बाईसवीं सदी' 1924 ई. में लिखी गई थी। इसके प्रथम संस्करण के समय (1931 ई. में) कितने ही स्थानों पर परिवर्तन की जरूरत जान पड़ी; किन्तु, लेखक ने कई कारणों से वैसा करना नहीं चाहा। अब की बार इस दूसरे संस्करण में संशोधन कर दिये गए हैं।

इस छोटी पुस्तक में साम्यवादी संसार का शब्द-चित्र खींचा गया है, उसके पक्ष-विपक्ष में यहाँ कुछ कहने की जरूरत नहीं है। साम्यवाद पर तुलनात्मक विचार के लिए लेखक की नई पुस्तक 'साम्यवाद ही क्यों?' देखनी चाहिए।

—राहुल सांकृत्यायन

प्रयाग
16-1-35

तृतीय संस्करण

इस संस्करण में भी बिना भारी परिवर्तन के कितने ही संशोधन कर दिये गए हैं। बाईसवीं सदी की पूर्वगामिनी 'सोवियत भूमि' मौजूद है, उससे पता लगता है, कि दुनिया किधर जा रही है।

—राहुल सांकृत्यायन

प्रयागराज
5-8-1943

लम्बी नींद का अन्त

ओह, इतना परिवर्तन! यहाँ इतने मोटे-मोटे वृक्ष पहले कहाँ थे? यह बड़ी चट्टान भी तो यहाँ नहीं थी। तब यह आई कहाँ से? हाँ, उस शिखर से टूट कर आई मालूम पड़ती है; लेकिन इस ऊँची चट्टान के बीच में आ जाने से यह बागमती में नहीं गिर सकी। पर वहाँ से आई कैसे, राह में बड़े-बड़े वृक्ष जो हैं! तो ज्ञात होता है, ये वृक्ष पीछे उगे हैं। और ये आकृति से सौ वर्ष पुराने मालूम होते हैं। तो क्या मुझे आए इतने दिन हो गए—ओह हो! हाँ, मुझे स्मरण हो रहा है, मैं फरवरी 1924 में यहाँ आया था। यदि तब से 100 वर्ष बीते, तो अब 2024 होना चाहिए।

ओह! अब यहाँ से उतरना भी मुश्किल है। बागमती हाथों नीचे चली गई। यहाँ वह किनारेवाली चट्टान भी नहीं है। जिस खुड्डी से चढ़कर मैं यहाँ आया था, वह भी पानी के बहने से नाली-सी हो गई। किन्तु, हाँ, पर्वतराज का यौवन तो और भी बढ़ गया है। चारों ओर हरियाली ही हरियाली उग आई है। और झरना!—अरे, यह तो एक छोटा सा प्रपात ही हो गया। वाह-वाह! इधर तो और भी कई झरने आस-पास दिखाई देते हैं। पर बागमती का 'कल-कल' तो वही है। दो-एक चट्टानों के हटने और कुछ नीचे चले जाने के अतिरिक्त इसमें और कोई हेर-फेर नहीं हुआ है, किन्तु, पहले का वह किनारे वाला वृक्ष नहीं दीख पड़ता। सचमुच मेरे परिचित एक भी वृक्ष

यहाँ नहीं हैं। जब यहाँ इतना परिवर्तन है, तो बस्तियों में, न जाने, क्या हुआ होगा? बड़ा कौतूहल हो रहा है। देखना चाहिए, मानव संसार ने क्या-क्या रूप बदले हैं। रास्ता भीमफेरी होकर गया था। वहाँ कुछ लोग जरूर होंगे। उनसे भी कुछ पता लगेगा।

यह विचारते हुए मैंने अपनी चिर-सहयोगिनी गुफा से बिदा ली। 35-36 हाथ ऊपर की अपनी गुफा से नीचे आने में मुझे बड़ी कठिनाई मालूम हुई। मेरे कपड़े का पता नहीं—वह कब सड़-गल गया? आदमियों में जाना है—बदन ढाँकने के लिए वस्त्र तो नितान्त आवश्यक है। यह विचार कर मैंने झट एक वृक्ष से बड़े-बड़े पत्ते तोड़, जंगली बेल से कमर में बाँध लिये। नीचे आने पर नदी के किनारे-किनारे चलना ही मुझे उचित मालूम हुआ क्योंकि मुझे सन्देह होने लगा कि वह नजदीक वाला मार्ग साफ है या नहीं। गंगा किनारे आते ही मेरी इच्छा पहले स्नान करने की हुई। सूर्य की धूप यद्यपि सामने पड़ रही थी, दिन भी दो-तीन घंटे चढ़ आया था, लेकिन अभी थोड़ी-थोड़ी पहाड़ी सरदी पड़ रही थी। तो भी मैंने खूब स्नान किया। नहा-धो चुकने पर सामने कुछ परिचित फल लगे दिखाई पड़े। मैंने उन्हें तोड़कर खूब मतलब भर खाया। इस तरह पेट-पूजा से निश्चिन्त हो, कदम आगे बढ़ाया।

जब मैं पहले यहाँ आया था, तभी 60-61 वर्ष का हो चुका था, बाल बहुत से पक गए थे, लेकिन अब तो ये सर्वथा सन-जैसे श्वेत हो गए थे। चिर-काल तक निराहार रहने से शरीर सूख गया था, किन्तु, उत्साह और फुर्ती अब भी कम नहीं थी। चलते-चलते चार-पाँच घंटे हो गए। प्रायः छः-सात कोस चल पाया होगा कि ऊपर से तार जाते दिखाई पड़े। धूप में चमकने से मालूम पड़ा कि तार ताँबे के हैं। ताँबे के तार तब यहाँ दिखाई न पड़े थे, इसलिए यह नया परिवर्तन मालूम हुआ। मैंने अनुमान किया, शायद इधर कहीं बिजली पैदा की जाती है, जो इन तारों के द्वारा और जगहों पर जाती होगी। अब आगे, आस-पास, पर्वतों पर दोनों तरफ अनार, नारंगी और केले के बाग दिखाई पड़ने लगे। कोसों तक चला आया, पर अभी कोई आदमी दिखाई न पड़ा। मुझे बगीचों में होकर रास्ता जाता मालूम पड़ा; विचार आया,

उससे चलने पर क्या जाने जल्दी कोई आदमी मिल जाए। मैंने अब नदी-तट छोड़, ऊपर का रास्ता पकड़ा और नारंगी के वृक्षों की छाया में चलना आरम्भ किया। देखा, फल खूब लगे हैं और वह भी साधारण नहीं, बहुत बड़े-बड़े। फिर सौन्दर्य का क्या कहना है? मन में सोचा, अगर आगे कोई रखवाला मिले, तो पूछूँ। मैं जितना ही आगे बढ़ता जाता था, मेरी उत्सुकता और बढ़ती जाती थी।

अब नारंगी के बगीचे समाप्त हो चले, सेबों के शुरू हुए। यह बात नेपाल के लिए मुझे नई मालूम पड़ी। सेब बहुत बड़े-बड़े लदे हुए थे, और बाग भी पर्वत की उँचाई के साथ-साथ ऊपर चोटी तक चले गए थे। जगह-जगह बरसाती पानी के नीचे गिरने के लिए नालियाँ और नल लगे हुए थे। मोटे-मोटे नलों से पानी सब जगह पहुँचाया गया था। कहीं-कहीं पीने के भी नल दिखाई पड़ते थे। रास्ते से कुछ हटकर एकाध छोटे-छोटे टीन के मकान खड़े मालूम देते थे। पर मैंने रास्ता छोड़कर वहाँ जाना न चाहा। सोचा, अभी आगे चले चलें, कहीं-न-कहीं रास्ते पर ही कोई मिल जाएगा।

पूरे चार कोस चलने के बाद आखिर आदमियों की आवाज सुनाई दी। ज्यों-ज्यों नजदीक आता जाता था, आवाज स्पष्ट होती जाती थी। जब पास आया, तो देखा उनमें स्त्री और पुरुष दोनों ही हैं। उनके वस्त्र बहुत ही स्वच्छ हैं; चेहरे खिले हुए हैं। मन में विचारा, क्या ये नेपाल राज-परिवार के स्त्री-पुरुष तो नहीं हैं, जो शायद मनोरंजन के लिए यहाँ आए हैं लेकिन ऐसी बात नहीं मालूम पड़ती। ये तो डालियों से तोड़-तोड़कर फलों को जमीन पर रखते जाते हैं और कुछ लोग उन्हीं फलों को सामने लिए जा रहे हैं। मालूम होता है, वहाँ वे ढेर लगाते होंगे। इसके अलावा, राज-खानदान का बीस-गजी पायजामा भी इन स्त्रियों के पास नहीं है; यद्यपि इनका रंग-रूप, वेशभूषा, शारीरिक गठन, स्वच्छता, व्यवहार उनसे कहीं ऊँचे दर्जे का है। किन्तु फर्क भी अवश्य है। ये सब की सब पैंट पहने हैं; इनके हाथ-पैर मोजे और दस्ताने से ढँके हैं। पैरों में जूते भी हैं। इसमें अवश्य कोई रहस्य है। अच्छा, इनसे मिलकर ही पता लगेगा। और अब तो बिलकुल पास ही आ गया हूँ। काम

में लगे रहने के कारण उन्होंने मुझे नहीं देखा। लेकिन वह देखो, वहाँ एक ने मुझे देखकर अपने साथियों से कुछ कहा। सब-के-सब क्या मेरी तरफ आँखें फाड़-फाड़ कर देख रहे हैं? क्या मैं कोई जन्तु हूँ? कोई मेरे पत्तों के कपड़ों की ओर देख रहा है, तो कोई दाढ़ी की ओर। अच्छा, वह एक आदमी इधर आ रहा है, उसी से सब बातें मालूम होंगी।

हालाँकि आने वाला व्यक्ति सीधे ही आ रहा था, पर मेरी उत्सुकता मुझे अधीर बना रही थी।

सेबग्राम का बाग

उस पुरुष ने धीरे-धीरे मेरे पास आ, 'स्वागत' कहा। यद्यपि उसने मुझसे एक ही बार यह शब्द कहा, लेकिन मेरे कानों में, न जाने कितनी बार, उसकी आवृत्ति होती रही। इसके बाद ही वार्तालाप शुरू हुआ।

"आप कहाँ से आ रहे हैं?"

"कहीं दूर से तो नहीं; करीब दो घंटे दिन चढ़ा था, तब मैं अपने स्थान से चला हूँ।"

"अब", झट घड़ी देखकर—"तीन बजकर बीस मिनट हो चले हैं। मुझे क्षमा करेंगे, अगर मेरी बातों में कुछ ढिठाई हो, क्योंकि आपके दर्शन ने ही जिज्ञासा-तरंगों से हृदय को डाँवाँडोल कर दिया है।"

"जो कहना हो, निस्संकोच होकर कहो। मेरे कुतूहल भी कुछ कम नहीं हैं। यद्यपि, इस स्थान से मेरा निवास बहुत दूर नहीं, लेकिन समय से कुछ अवश्य दूर है। अच्छा, यह तो बताओ, आज सन्-संवत् क्या है?"

"सन् 100"

"कौन सा सन्?"

"सार्वभौम। आप कौन सन् पूछते हैं?"

"ईसवीं।"

"वह है, 2124।"

"ओ-हो! तो क्या मुझे गुफा में बैठे दो सौ वर्ष हो गए? तभी तो सब

जगह परिवर्तन ही परिवर्तन दिखाई पड़ता है। अच्छा, पूछो जो कुछ पूछना हो।"

"क्या आपको गुफा में बैठे दो सौ वर्ष हो गए? और बैठते समय अवस्था क्या रही होगी?"

"60 वर्ष।"

"260 वर्ष बहुत होते हैं। मेरी अवस्था अभी 60 वर्ष की है। वृद्धपुर में 100 और 120 वर्ष के भीतर के कई पुरुष हैं किन्तु आपकी अवस्था का पुरुष अभी तक सुनने में नहीं आया। यह सब बातें मुझे और भी आश्चर्य में डाल रही हैं; साथ ही, बहुत कुछ पूछने की उत्सुकता भी उमड़ रही है, किन्तु वहाँ जो मेरे साथी स्त्री-पुरुष हैं, वे भी मुझसे कम उत्सुक नहीं हैं। इसलिए क्या ही अच्छा हो, अगर उनके सामने ही आप अपनी आत्म-कथा कहें। ...हाँ, एक बात और। अब ऐसे वस्त्रों का रिवाज नहीं रहा; अनुचित तो न होगा, यदि आपको पहनने के लिए वस्त्र ला दूँ?"

"नहीं, कुछ अनुचित नहीं। इसकी आवश्यकता मैंने भी महसूस की थी।"

उस भद्र पुरुष ने, मेरा वाक्य खतम होते ही 'अर्जुन! अर्जुन!' पुकारा, और आवाज सुनते ही एक युवक दौड़ा आया। उसने स्मितमुख हो मेरा स्वागत कर अपने साथी से पूछा—"क्या है?"

"यहाँ, इस मकान में धोती-जोड़े रखे होंगे। दौड़कर उनमें से एक यहाँ लाइये...आपके पहनने के लिए।"

"बहुत अच्छा", कह कर अर्जुन दौड़ गया और दो मिनट में निहायत साफ एक धोती ले आया।

मैंने धोती लेकर कहा—"पहली बात तो यह कि चूँकि हमें बातें बहुत करनी हैं, अतः नाम से परिचित होना चाहिए। मेरा नाम विश्वबन्धु है और आप अपना नाम बतलाइए।"

"मेरा नाम सुमेध।"

"तो सुमेध जी! सहायता के लिए धन्यवाद।"

"नहीं, वैसी कोई बात नहीं। अब हम लोगों के जलपान का भी समय हो गया है। आप भी थके-माँदे होंगे—भूख लग जाना भी स्वाभाविक ही है। अभी

चलकर जलपान करें और इसके बाद आत्म-वृत्तान्त से हमें कृतार्थ करें।"

"सुमेध! सचमुच तुम्हारे थोड़े से वार्तालाप ने मुझे बहुत आकृष्ट कर लिया है। इस समय मेरे आनन्द का ठिकाना नहीं। अच्छा, चलो।"

अब सुमेध मुझे साथ लेकर उस मकान की ओर चले। इतने में यकायक तोप के गोले-की-सी आवाज हुई। पहले तो मैं चौंक गया, पीछे पूछने पर मालूम हुआ, यह जलपान की सूचना है। मेरी अनेक जिज्ञासाओं में एक की और वृद्धि हुई। मैंने देखा, उधर से वे स्त्री-पुरुष भी—जो काम में लगे थे—काम छोड़कर इसी मकान की ओर चले आ रहे हैं। मकान के पास जाकर क्या देखता हूँ, साफ पानी के कितने ही नल लगे हुए हैं। नहाने के लिए साफ जल के टब हैं। मकान बहुत स्वच्छ हैं। तीन-चार बड़े-बड़े कमरे हैं। एक हॉल है, जिसमें डेढ़-दो सौ आदमी बैठ सकते हैं। कमरों में बहुत सी कुर्सियाँ हैं।

मैंने बड़े हॉल में देखा, पाँती से कुर्सियाँ और मेज लगे हुए हैं। मेजों पर एक-एक तश्तरी में सेब, केले, अंगूर आदि कितने ही फल रखे हुए हैं और गिलासों में भरकर दूध। हम सब स्त्री-पुरुषों की संख्या करीब एक सौ थी। मैंने उतनी ही थालियाँ वहाँ देखकर पहले आश्चर्य किया। क्या स्त्रियाँ भी पुरुषों की बगल में बैठकर नाश्ता करेंगी? इतने ही में वे सब स्त्री-पुरुष भी आ गए। सबने स्मितमुख हो स्वागत किया। महाशय सुमेध ने उन्हें सम्बोधित करके कहा—

"साथियो, हमारे आज के अतिथि को देखकर सबको बड़ी जिज्ञासा है। फिर हमारे जैसों की—जिनने एकाध बात सुन ली है—उत्सुकता का तो कोई हिसाब नहीं। इसलिए मैंने अकेले ही सब सुन लेना अच्छा नहीं समझा। अभी तो सिर्फ इतना जान पाया हूँ, कि हमारे विश्वबंधु जी 1924 से ही, यहाँ से 10-12 कोस की दूरी पर जमे हुए थे, जहाँ से आज ही आ रहे हैं।"

इतना सुनने पर नर-नारियों का कौतूहल और भी उत्तेजित हुआ, पर जलपान करने का समय बीत रहा था। इसलिए सबने हाथ-मुँह धोकर अपना-अपना आसन ग्रहण किया। यह कहने की आवश्यकता नहीं कि अर्जुन ने मेरे

जलपान की थाली परोसने को धोती ले जाते समय ही कह दिया था। सुमेध ने मुझे एक कुर्सी पर बैठाया और पास ही स्वयं भी बैठ गए। उनके समीप ही एक महिला बैठी थीं, जो आगे चलकर मालूम हुआ कि, उनकी साथिन सुमित्रा थीं। परोसने वालों ने अपना काम समाप्त कर, स्वयं भी एक-एक आसन ग्रहण किया। अब सबका नाश्ता शुरू हुआ। मैंने भी एक कतरा सेब मुख में डाला। मुझे उसकी मधुरता और सरसता अद्भुत मालूम हुई। मैंने तो उस समय यही समझा कि शायद चिरकाल के बाद खाने से यह इतना स्वादिष्ट मालूम हो रहा है, किन्तु पीछे मालूम हुआ कि, यह वैज्ञानिक रीति से फलों की खेती होने का परिणाम है। मुझे अधिक भूखा समझकर कुछ ज्यादा फल दिया गया था। उसमें नारंगी की भी कुछ फाँकें थीं। नेपाल की नारंगी पहले भी खाई थी, लेकिन इतनी मधुर और सुस्वादु नहीं। बीज का तो पता ही नहीं, रेशे भी नदारद। अंगूरों के दाने बनारसी बेरों के बराबर थे। मैंने पूछा—"ये अंगूर कहाँ के हैं?"

सुमेध ने बतलाया—"यहाँ से चार कोस के फासले पर इसका बाग है।"

"क्या नेपाल में भी अंगूर होता है?"

"बहुत। इसको तो सैकड़ों वर्ष हो गए। सारे बिहार, उड़ीसा, आधे बंगाल, काशी और कोसल को यहीं से अंगूर जाता है।"

अब जलपान समाप्त हो गया। सबने हाथ-मुँह धो, एक कमरे की ओर मुँह किया। वहाँ बहुत सी कुर्सियाँ पड़ी थीं। सुमेध ने मुझे ले जाकर एक आरामकुर्सी पर बैठाया। मैं तो मन ही मन कह रहा था कि ये लोग मुझे बीसवीं सदी का जंगली समझते होंगे और उसमें भी इन्होंने मुझे पत्ते पहने भी देख लिया है। दूसरे, इनमें से किसी को दाढ़ी का भी शौक नहीं है और मेरे रीछ के-से बाल!

मैंने इन लोगों को बाग में काम करते देखा था, इसलिए समझ बैठा था कि ये जरूर मजूर हैं। लेकिन अब उत्सुकता हुई कि पूछूँ इन बागों का मालिक कौन है? पर हिम्मत नहीं हुई।

वर्तमान जगत्

"आपकी बातें सुनने के लिए हम सभी बड़े उत्सुक हैं।"

"आपसे ज्यादा आपकी बातें जानने के लिए मैं उत्सुक हूँ। सुमेध जी, मेरी कहानी बहुत बड़ी नहीं है। उक्त गुफा में आने से पूर्व मैं बिहार प्रान्त के नालन्दा में रहता था। उस समय वहाँ एक विद्यालय था, जिसमें मैं पहले पढ़ता-पढ़ाता था।"

"ओह हो! आप नालन्दा विद्यालय के अध्यापक विश्वबन्धु हैं? सचमुच हम कितने भाग्यशाली हैं कि आपके दर्शन कर सके! मैं भी तीन वर्ष से बीस की अवस्था तक आपके ही विद्यालय की गोद में पला हूँ। वहाँ के 'वसुबन्धु-भवन' में मैंने आपकी प्रस्तर-मूर्ति भी देखी है!"

"तो हमारा प्यारा विद्यालय अब भी जीवित है?"

"जीवित ही नहीं, बल्कि आज उस विद्यालय के मुकाबले में संसार में शायद ही कोई दूसरा विद्यालय हो। दर्शन, ज्योतिष, भाषा-विज्ञान, इतिहास और राजनीति के लिए नालन्दा अद्वितीय है।"

मैं जिस समय नालन्दा विद्यालय के उत्कर्ष को सुन रहा था, मेरे आनन्द की सीमा न थी, हृदय में आनन्द का सिन्धु तरंगें मार रहा था। श्रोतागण भी इस परिचय से बहुत प्रभावित दीख पड़े। सब-के-सब मेरी ओर एक ऐसी दृष्टि से देख रहे थे, जिसमें प्रेम और सम्मान का भाव था। अब मेरी ज्ञातव्य

बातें उन्हें मालूम ही हो चुकी थीं। मैंने उनकी बात जानने के लिए अपनी राम-कहानी का यों शीघ्र अन्त कर दिया—

"कोई तीस वर्ष तक विद्यालय की सेवा करने के बाद मैं उत्तराखंड घूमने आया। उस गुफा में, जो यहाँ से 12-13 कोस पर है, पहुँचकर मुझे मूर्च्छा या नींद आ गई, और अब तक वहीं पड़ा रहा। बस, यही मेरी संक्षिप्त कथा है। अब आप लोग बतलाएँ, आपकी जन्मभूमि कौन सी है, आपकी भाषा तो नेपाली नहीं मालूम होती?"

"अब उस नेपाली भाषा को तो आप कहीं बोली जाती न पाएँगे। हाँ, पुस्तकालयों में उसकी पुस्तकें अवश्य पाई जाएँगी। अब सारे भारतवर्ष में एक ही भाषा बोली जाती है। हम सबका जन्म एक ही जगह नहीं हुआ है। यद्यपि मेरे पिता का जन्म काठमांडो का था, लेकिन नालन्दा विद्यालय में शिक्षा समाप्त करने पर उन्होंने गया जिले के शाक-ग्राम को अपना कार्य-क्षेत्र बनाया। मेरा जन्म वहीं का है। अभी मेरे पिता जीवित हैं और आज-कल माता के साथ हजारीबाग के वृद्ध-ग्राम में रहते हैं। उनकी अवस्था सौ वर्ष से ऊपर की है। इसी तरह यहाँ के हमारे सभी साथियों के बारे में समझिये। मेरी साथिन सुमित्रा का (पास में बैठी महिला की ओर संकेत करके) जन्म काशी का है, किन्तु इनकी शिक्षा भी नालन्दा विद्यालय में हुई है। विवाह के बाद हम दोनों ने यहीं काम करना निश्चित किया। साथी अर्जुन का जन्म लंका के अनुराधपुर का है, किन्तु जब यह एक ही वर्ष के थे, तो इनके माता-पिता बोधगया में आ बसे और इन्होंने भी नालन्दा में ही शिक्षा पाई। इनकी साथिन प्रतिभा काश्मीर की हैं, लेकिन शिक्षा इनकी उसी विद्यालय में हुई है। इसी तरह यहाँ जितने साथी उपस्थित हैं, इनकी संख्या 100 है और इनके जन्म स्थान भी एक सौ से कुछ ही कम होंगे। हमारे सेबग्राम में पाँच हजार की आबादी है, जिसमें आधे स्त्री-पुरुष दूसरी जगह के हैं। बात यह है कि तीन साल की उम्र के लड़के शिक्षा के लिए विद्यालय में चले जाते हैं और बीस वर्ष की अवस्था में शिक्षा समाप्त होने पर उनमें से बहुत कम अपने जन्म के गाँव को लौटते हैं। जिनकी जिस विद्या और शिल्प की ओर रुचि हुई, वे

उसी तरह की बस्ती में जा बसते हैं।

"तो जान पड़ता है, अब सभी बातों में पुराने जमाने से अन्तर हो गया है। अच्छा, यह तो बताओ, इस समय नेपाल का राजा कौन है?"

"नेपाल का राजा! 'राजा' शब्द तो अब पुस्तकों की ही शोभा बढ़ाता है। अब राजा कहाँ?"

"अच्छा, ये बाग किसके हैं?"

"अब तो सभी चीजें राष्ट्रीय हैं, सिर्फ बाग क्या? यह घर, कुर्सी, पलंग, लड़के, स्त्री-पुरुष सब राष्ट्र के हैं?"

"तो राष्ट्र का संचालन कैसे होता है?"

"हमीं लोगों द्वारा चुने गए पंचों की पंचायतों से। ग्राम, जिला, प्रांत, देश, अखिल भूमण्डल सबका संचालन इसी तरह होता है।"

"क्या भूमण्डल का एक ही राष्ट्र है?"

"हाँ, आज सौ वर्ष से। अच्छा, तो अब हमें आज्ञा दीजिए, हम लोग भी अपना बचा काम समाप्त कर आवें। (घड़ी देखकर) चार बज गए, पाँच बजे हम लोग यहाँ से चलेंगे। मैं अभी ग्रामीणों को आपके मिलने की सूचना देता हूँ। शाम को वहीं विश्राम करना होगा।"

"हाँ, आप लोग अपना काम करें। मैं मजे से यहाँ बैठा हूँ।"

सुमेध के उठते ही सभी लोगों ने बाग का रास्ता लिया। सुमेध ने टेलीफोन की घंटी बजाई। जिसका उत्तर भी तुरन्त मिला। उन्होंने चुपके से न जाने क्या कहा। फिर कुछ सुनकर मुझसे बोले—"हमारे ग्रामीण देवमित्र आपसे कुछ बात करना चाहते हैं। मैं तो अब काम पर जा रहा हूँ।" यह कह वह भी काम पर चले गए। मैं 'रेडियो-फोन' के पास गया। वहाँ देखता हूँ, एक शीशे पर एक मनुष्य का प्रतिबिम्ब है। मैं चकित होकर देखने लगा। वह मेरा प्रतिबिम्ब तो है नहीं; साथ ही वहाँ कोई दूसरा आदमी भी नहीं; फिर यह कोई चित्र भी तो नहीं है। मैं स्तब्ध और चकित हो रहा था, इतने ही में उस प्रतिबिम्ब का होंठ हिला और टेलीफोन से आवाज आई—"स्वागतम्! मैं देवमित्र हूँ। अभी साथी सुमेध ने आपके शुभागमन की सूचना दी थी। सबसे

बड़ा काम तो यह है कि अभी आपके चित्र और समाचार को पटना भेज रहा हूँ। वहाँ से छः बजे के भीतर-ही-भीतर सारे भूमण्डल में आपका चित्र और समाचार पहुँच जाएगा। आपके यहाँ आने पर मैं तो स्वागत के लिए हाजिर रहूँगा ही, इस समय आपको अधिक कष्ट नहीं देना चाहता। आप थके-माँदे होंगे—विश्राम करें।"

मैंने देवमित्र की बातों को यद्यपि आश्चर्य से सुना, किन्तु मन का समाधान किया, यह सब विज्ञान के चमत्कार हैं। बहुत दिनों के बाद चलने से सचमुच मेरे पैरों में थकावट मालूम होती थी, किन्तु निद्रा नहीं। अभी लेटने का विचार कर ही रहा था, कि खुले किवाड़ से दूसरे कमरे में देखा, एक आलमारी में और उसके पास की मेज पर कुछ किताबें हैं। मेरी उत्सुकता ने मुझे पलंग की ओर कदम बढ़ाने न देकर उधर आकृष्ट किया। जाकर देखता हूँ, आलमारी में बहुत ही सुन्दर जिल्दों से सज्जित किताबें रखी हुई हैं। पास की एक कुर्सी पर बैठकर, मैंने मेज से एक किताब उठाकर देखी। किताब में मामूली से कुछ अधिक वजन मालूम हुआ। खोलकर देखा तो चाँदी के रंग के-से किसी धातु के पन्ने हैं। छपाई-सफाई अति सुन्दर। मेरे दिल में इच्छा हुई, देखूँ कहाँ की छपी है। देखने पर ज्ञात हुआ, नालन्दा प्रेस 2024 में छपी है। आज 100 वर्ष छपे हो गए, लेकिन देखने से मालूम होती है, बिलकुल अभी प्रेस से आई है। खोलने पर उसके पन्ने निहायत बारीक दीख पड़े। एक इंच में प्रायः तीन हजार पृष्ठ रहे होंगे। मुझे पग-पग पर वर्तमान जगत् की सभी घटनायें आश्चर्यजनक मालूम होने लगीं। मैंने विचारा, पहले यह देखना चाहिए कि कौन-कौन सी पुस्तकें हैं। मेज पर एक ओर मोटे अक्षरों में सूची-पत्र अंकित एक गुटका देखी। देखने से ज्ञात हुआ, इतिहास, वनस्पति-विज्ञान, साहित्य और भूगोल-सम्बन्धी यहाँ दो सौ पुस्तकें हैं। भाषा के विचार से अधिकतर पुस्तकें हिन्दी की थीं। कुछ पुस्तकें सार्वभौम भाषा में थीं और एक-दो अंग्रेजी की भी। मैंने जिसे उस समय के लिए सबसे उपयुक्त समझा, वह था—सार्वभौम राष्ट्र-संगठन का इतिहास। उसे उठाकर मैं कुर्सी पर जा बैठा। पुस्तक की छपाई आदि अद्वितीय थी। छपी भी इसी वर्ष की

थी। लेखक नालन्दा विद्यालय के एक इतिहासज्ञ, अध्यापक विश्वामित्र थे। मैंने विचारा, दो-ढाई हजांर पृष्ठों वाली इस पुस्तक का एक घंटे में पढ़ना मुश्किल है, अतः विषय-सूची ही देख लूँ।

सूची देखने से, 1924 के बाद की मोटी-मोटी बातें मालूम हुईं, वे यह हैं—ब्रिटिश छत्रछाया में भारत को स्वराज्य 1940 तक, संयुक्त एशिया राष्ट्र 1990 तक, संयुक्त एशिया अफ्रीका-आस्ट्रेलिया राष्ट्र 2000 तक, संयुक्त यूरोप-अमेरिका राष्ट्र 2010 तक, भूमण्डल का एक राष्ट्र 2024 तक। मैंने कहा, देखूँ आजकल अखिल भूमण्डल का राष्ट्रपति कौन है? मैंने इसके लिए पुस्तक का अन्तिम अध्याय देखा; जिसमें नामों के साथ उन व्यक्तियों के चित्र, जन्म स्थान और शिक्षा स्थान भी दिये गए थे। सम्पूर्ण भूमंडल के राष्ट्रपति अगले तीन वर्षों के लिए श्रीदत्त चुने गए हैं, जिनका जन्म स्थान भारत ही है। शिक्षा उन्होंने तक्षशिला में पाई। अवस्था चौहत्तर वर्ष की है। प्रधानमंत्री ओहारा जापानी हैं। शिक्षामंत्री मोनोलिन एक रूसी महिला, स्वास्थ्य मंत्री डेविड अमेरिका वासी, इसी प्रकार और-और विभागों के भी मंत्री भिन्न देशों के लोग हैं। मैंने खूब गौर करके देखा, तो भी वहाँ सेना मंत्री कोई नहीं दिखाई पड़ा। विचार में आया, कदाचित छापे की भूल से नाम छूट गया हो। भला ऐसा महत्त्वपूर्ण पद रिक्त कैसे रह सकता है? पीछे मैंने देश-देश की राष्ट्र सभाओं में देखा, सभी जगह सेना मंत्री का अभाव था। मैंने अन्त की शब्द-सूची उलटकर देखी, जहाँ सेना, सेनापति, सेना मंत्री शब्द आए थे। उन पृष्ठों के पढ़ने से ज्ञात हुआ, 2024 ई. में प्राचीन संसार का यह महत्त्वपूर्ण पद उठा दिया गया। अब न तो कहीं सेना है, न सेनापति ही।

मैं अभी इतना ही देख पाया था कि इतने में सभी लोग काम पर से चले आये। आते ही सुमेध ने मुझे चलने के लिए कहा। मैं उठ खड़ा हुआ। मकान से बाहर जाने पर, केवल किवाड़ लगा कर जब सब को ही चलते देखा, तो मैंने पूछा—

"क्या यहाँ कोई नहीं रहेगा?"

"काम क्या है?"

"चीजों की रखवाली के लिए, और कहीं नहीं तो मकान में ताला ही लगा चलते?"

"अनजान आदमी द्वारा भूल-चूक से पुर्जा छू जाने के डर से ताले को बिजली के कारखानों में लगाते हैं। यहाँ किताबों के छूने से कौन मर जाएगा? कोई जीव-जन्तु भीतर जाकर कोई चीज न खराब कर दे, इसके लिए दरवाजे तो लगा ही दिये हैं।"

जानवर का नाम आते ही स्मरण आया, कि यहाँ तो पहले बहुत बन्दर थे; पूछा—

"अच्छा, यह तो मालूम हुआ कि अब चोरी की सम्भावना नहीं है परन्तु, यह तो बताओ, पहले यहाँ बहुत से बन्दर रहते देखे गए थे, अब वे क्या हुए—एक भी नहीं दीख पड़ते?"

"आप यह सौ वर्ष से पूर्व की बात पूछ रहे हैं। मैंने पुस्तकों में पढ़ा है, पहले जिन-जिन स्थानों पर बन्दर बहुत थे, फसल का नुकसान देखकर सरकार ने बड़े यत्न से पकड़-पकड़ कर उनमें से बन्दरियों को तो हजारों पिंजड़ों वाले घरों में रख छोड़ा और बन्दरों को एक टापू में छोड़ दिया। इस प्रकार 20-25 वर्ष के अन्दर सारे बन्दर स्वयं नष्ट हो गए, क्योंकि उनकी संतान वृद्धि रुक गई।"

"तो क्या अब बन्दर हैं ही नहीं?"

"कुछ हैं, जो प्राणि-विद्या के उपयोग के लिए बड़े-बड़े संग्रहालयों में रक्खे गए हैं, जहाँ उनकी संतति आवश्यकतानुसार बढ़ाई जाती है। बन्दर ही नहीं, और भी ऐसे अनेक जीव हैं, जो अब केवल संग्रहालयों की ही शोभा बढ़ा रहे हैं, जिनको कि पहले लोग बड़े चाव से पालते थे।"

मैंने स्मरण करके पूछा—"कुत्ते-बिल्ली तो ग्रामों में हैं न?"

"नहीं, उनसे ग्राम को लाभ क्या? उनकी जाति भी अब आप संग्रहालयों ही में पाइएगा?"

मोटरें सड़क पर लगी दिखलाई पड़ीं; हमने भी बात करते-करते अपना-अपना स्थान ग्रहण किया। एक-एक मोटरों में बीस-बीस आदमियों के बैठने

का खुला स्थान था। मैंने पूछा—"तोड़े हुए फल कहाँ गए?"

"वे तो उसी समय तोड़े और मोटरों पर लादे जाते थे। आपके आने के समय ज्ञात होता है, मोटरें बोझ लेकर चली गई थीं। यहाँ देर तक रखकर सुखाने से तो फलों की हानि होती, इसलिए स्टेशन पर जाते ही, उन्हें बर्फ लगी हुई गाड़ी में रखकर माँगवाले स्थानों पर भेज भी दिया गया होगा।"

"तो आपके गाँव में केवल फल ही पैदा होते हैं?"

"हाँ केवल फल; उसमें भी सेब के बगीचे ही ज्यादा हैं। यही कारण है कि हमारे ग्राम का नाम सेबग्राम पड़ गया है। हमारे यहाँ से 15 मील पर नारंगी-ग्राम है, जहाँ नारंगी के ही बगीचे हैं। आपने पीछे बागमती के उस पार केलों का वन देखा होगा।"

"हाँ, देखा था।"

"वह कदली-ग्राम की हद में है। वहाँ प्राय: केले-ही-केले उत्पन्न होते हैं, हमारे ग्राम में थोड़ा नारंगी का भी बगीचा है। आपने जलपान में जो केला खाया था, वहीं का था।"

"मैंने सभी फलों में एक विशेष प्रकार का स्वाद और मिठास पाई। आकृति भी उनकी बड़ी देखी, क्या इसमें भी कोई बात है?"

"हाँ, अब वनस्पति विज्ञान आपके समय से बहुत उन्नत हो गया है। फलों में विचित्र रूप, रस, गन्ध, आकृति पैदा करना मनुष्य के हाथ में है।"

हमारा वार्तालाप जारी था। मोटरें सर्राटे के साथ आगे भागती जा रही थीं। दोनों सड़क के किनारे सेबों के बगीचे थे। हमारी सड़क यद्यपि कहीं-कहीं दस-बीस हाथ ऊँचे-नीचे चली जाती थी, किन्तु वह चढ़ाई-उतराई ऐसी थोड़ी-थोड़ी थी, कि मालूम नहीं पड़ती थी। दाहिनी ओर बागमती थी और बाईं ओर पर्वत। बागमती कहीं-कहीं 400 गज नीचे है, कहीं इससे कम किन्तु बगीचा तट तक चला गया है। भूमि एक रस कर दी गई है। चट्टान, जो भूमि को उबड़-खाबड़ बनाती रहीं, या तो ढाँक दी गई हैं या तोड़कर गंगा में फेंक दी गई हैं। मुझे मनुष्य की इस शक्ति को देख आश्चर्य और आनन्द दोनों होता था।

विचार करते-करते मेरे दिल में आया, सेब-नारंगी की फसल सदा तो नहीं होती। दूसरे दिनों ये लोग क्या काम करते होंगे? उत्तर पाने से पहले ही आस-पास के बागों में छोटे-छोटे फल लगे दिखाई पड़े। मैंने पूछा—"यह क्या दूसरी जाति के सेब हैं, जो इतने छोटे हैं?"

"जाति में भेद तो अवश्य है, किन्तु कद में नहीं। ये तो बढ़कर उनसे भी बड़े और लाल होते हैं, इनकी फसल अभी दो मास में तैयार होगी। हमारे यहाँ फसल बराबर ही लगती और टूटती रहती है।"

अभी यह बात हो ही रही थी कि मोटरें रेल की सड़क पार कर गईं। मैंने पूछा—"यह रेल कहाँ जाती है?"

"यह चन्द्रागढ़ी होते हुए काठमांडो और वहाँ से और आगे बहुत दूर तक फैली हुई है।"

मैंने आश्चर्य से पूछा—"क्या रेल इन पहाड़ों पर चली गई। मैंने तो उस समय चन्द्रागढ़ी पर बोझे ढोने के लिए, 'रोप लाइन' का प्रबन्ध होते देखा था। उस समय उसके लिए फर्पिंग के बिजलीघर से बिजली के खम्भे गड़ गए थे।"

"अब तो फर्पिंग में वैसा कोई बिजली का कारखाना नहीं है। मैंने भी पढ़ा है, पहले नेपाल में चन्द्र शमशेर नाम का राजा था, उसने अपने देश को लाभ पहुँचाने के लिए ही वहाँ एक बिजली का कारखाना बनवाया था, किन्तु आज डेढ़ सौ वर्षों से भी ऊपर हुए, वह बन्द कर दिया गया।"

"क्या मालूम है, क्यों बन्द कर दिया गया?"

"वहाँ आसपास के पहाड़ी झरनों के पानी को एक तालाब में जमा कर उससे बिजली तैयार की जाती थी, यद्यपि इससे कुछ बिजली तैयार होती थी, जो शायद उस समय के खर्च के लिए पर्याप्त भी समझी जाती हो, किन्तु झरनों के पानी का इस प्रकार विनियोग करने से, फर्पिंग के आसपास के पर्वत सूखते चले गए। चन्द्र ने अच्छे ही विचार से इन दोनों कामों को क्यों न किया हो..."

"दूसरा काम कौन सा?"

"दूसरा काम पहाड़ों और आसपास के जंगलों को काटकर खेत बनवा डालना।"

"उससे हानि क्या थी?"

उससे भी पहाड़ धीरे-धीरे सूख चले—वृष्टि कम होने लगी। आखिर पचास वर्ष के भीतर-ही-भीतर पानी के अभाव से उन खेतों को छोड़कर लोगों को भाग जाना पड़ा।"

"तो क्या उस कारखाने को बन्द करने से कुछ फायदा पहुँचा?"

"हाँ, बहुत। अगर आप जाकर देखें, तो फर्पिंग के आसपास के पर्वत रम्य उद्यानों से हरे-भरे मिलेंगे। चारों तरफ सेब, नाशपाती, अंगूर, अनार के बाग लहलहाते पाएँगे। ये सब फल वहाँ होते भी हैं बहुत बड़े और मीठे। इस तरह बगीचों का जंगल लग जाने से पहले से अब कई गुना ज्यादा लाभ है। पहाड़ फिर तर हो गए हैं; झरने भी बहुत हैं।"

"तब तो, सभी जगह भारी क्रान्ति हो गई। अच्छा, अब शायद आपका गाँव भी करीब है। वही मकान तो दिखाई दे रहे हैं?"

"हाँ, वही; किन्तु अभी तीन मील है—यही दस मिनट का रास्ता।"

"क्या आपने नेपाल की सैर की है?"

"हाँ, बहुत। मेरा वार्षिक विश्राम बहुधा वहाँ और तिब्बत की सैर ही में कटा है। मुझे तीस वर्ष यहाँ रहते हो गए। प्रति वर्ष दो मास का विश्राम मिलता है। मैंने 10-12 छुट्टियाँ वहाँ की ही यात्रा में बिताई हैं। भौगोलिक और आर्थिक दृष्टि से भी मैंने वहाँ के विषय में बहुत अध्ययन किया है।"

इस पुरुष की इस प्रकार की बातें सुनकर मुझे और भी आश्चर्य होता था। बीसवीं शताब्दी में ऐसा पुरुष किसी अच्छे कालेज का प्रोफेसर होता था। किन्तु आज यह सामान्य जनों में है। क्या विद्या की कदर कम हो गई, या विद्वता का मान ऊँचा हो गया? मैंने पूछा—"आपके इस ज्ञान से औरों को भी कुछ लाभ पहुँचता है?"

"क्यों नहीं? हमें ड्यूटी तो तीन घंटे ही बजानी होती है। बाकी समय में करते ही क्या हैं? मैंने कई बार अपने परिशीलित विषय पर यहाँ व्याख्यान दिये हैं। छुट्टियों के समय दूसरे जनपदों और देशों में भी व्याख्यान दे आया

हूँ। मासिक-पत्रों में भी चर्चा करता हूँ।"

"अच्छा, यह तो हुआ; भला यह तो बताओ, नेपाल क्या-क्या चीजें पैदा करता है?"

"खनिज पदार्थों में ताँबा, लोहा और सीसा। अपने यहाँ काम चलाने के लिए कोयला भी निकल आता था, किन्तु अब बिजली का उपयोग अधिक होने से कोयले की उतनी बड़ी आवश्यकता नहीं रही। विदेह, मल्ल और कोसल तक यहाँ से बिजली जाती है और बिजली तैयार होती है कई नदियों के जल प्रपात से। यह रेल भी उसी बिजली से चलाई जाती है। फिर उसी से हमारी मोटरें चल रही हैं। इसके अतिरिक्त नेपाल मेवों की खान है। करोड़ों भेड़ें और बहुत से कम्बल के कारखानें भी यहाँ हैं। आधे से अधिक भारतवर्ष को गर्म कपड़े नेपाल ही देता है।"

"तो ज्ञात होता है, यहाँ चावल-गेहूँ नहीं होता।"

"नहीं; ये सब चीजें और प्रान्तों से आती हैं। आज-कल जो वस्तु जहाँ अच्छी हो सकती है वहीं पैदा की जाती है। प्राय: एक गाँव एक ही चीज पैदा करता है। वहाँ जरूरत की दूसरी-दूसरी चीजें और जगहों से पहुँचती हैं।"

हम गाँव के पहले घर के पास पहुँच रहे थे। मैंने देखा, वही पुरुष, जिसके प्रतिबिम्ब को मैंने टेलीफोन में देखा था, मेरे स्वागत के लिए कुछ और आदमियों के साथ खड़ा है। स्वागत हुआ।

मैंने देखा कि सभी स्त्री-पुरुष सुन्दर और स्वच्छ हैं। सड़क के किनारे सुन्दर मकानों की कतारें हैं। सभी मकान एक से तथा बिना कोठे के हैं। मुझे यह एक बिलकुल नई दुनिया मालूम होने लगी। अभी मैं इन बातों पर कुछ विचार ही रहा था, कि देवमित्र ने मुझसे कहा—"इस रास्ते।"

मैं पीछे हो लिया। मेरे साथ वे सभी स्त्री-पुरुष भी शामिल थे। अब साढ़े पाँच बज चुके थे। जिस मकान की ओर हम जा रहे थे, मैंने देखा, उस पर मोटे अक्षरों में लिखा हुआ है—'अतिथि-विश्राम'। ग्रामणी महाशय ने पहुँचते ही वहाँ पर उपस्थित एक पुरुष से पूछा—"साथी देव! कौन-सा कमरा आज के मेहमान के विश्राम के लिए ठीक हुआ है?"

देव ने कहा—"यही पाँचवाँ कमरा तो।"

अभी कमरे के द्वार पर ही हम पहुँचे थे कि बगल वाले कमरे के एक दूसरे सज्जन निकल आये, जिनकी अवस्था सत्तर और अस्सी के बीच की होगी। उन्होंने भी स्वागत किया। अब हम लोग कमरे में दाखिल हुए। ग्रामणी महाशय ने कहा—

"इस समय हम लोग आपको अधिक कष्ट न देंगे। आप मार्ग के थके-माँदे हैं। थोड़ी देर विश्राम करें। आठ बजे भोजन हो चुकने पर आपके दर्शन के लिए उत्सुक सभी ग्रामवासी संस्थागार में एकत्रित होंगे। मुझे तो आप जानते ही हैं। मैं आज-कल यहाँ का ग्रामणी (ग्राम सभा का सभापति) हूँ। ये दूसरे बीस साथी पुरुष और महिलाएँ ग्राम सभा के सदस्य हैं! यह दूसरे अतिथि विश्वामित्र, नालन्दा विद्यालय में इतिहास के अध्यापक हैं। कुछ ऐतिहासिक खोज के सम्बन्ध में तिब्बत गए थे, जहाँ से आज ही विमान से यहाँ आए हैं। पीछे बात करने पर आपको इनसे और बातों की जानकारी होगी। यह साथी देव हैं।"

थोड़ी ही देर में लोग मुझसे बिदा माँगकर चले गए। देव ने झट बिजली की रोशनी की, क्योंकि अब सूर्यास्त हो गया था। पहाड़ी सर्दी भीनी-भीनी लग रही थी। यद्यपि मार्ग में सुमेध ने मुझे एक ऊनी लबादा दे दिया था, पर वह पर्याप्त नहीं था। देव ने तापक को खोल दिया और थोड़ी देर में कमरा गर्म हो गया। मैं एक कुर्सी पर बैठा और विश्वामित्र से भी कहा कि यदि कोई अन्य आवश्यक कार्य न हो तो बैठ जाइये। वह दूसरी कुर्सी पर बैठ गए।

बाग में जो ऐतिहासिक ग्रंथ देखा था, उसके रचयिता के नाम से यद्यपि मैं निश्चित-सा हो गया था, कि यह वही विश्वामित्र हैं; तो भी मैंने पूछा—"क्या आप 'सार्वभौम राष्ट्र के संगठन का इतिहास' के लेखक अध्यापक विश्वामित्र हैं?"

उन्होंने नम्रतापूर्वक कहा—"हाँ, वही।"

"तो मुझे आपकी मुलाकात से बहुत प्रसन्नता हुई।"

"उससे कहीं अधिक मुझे हमारा नालन्दा परिवार आपको सदा याद रखता है। आपने जो बीज वहाँ बोया था, उसे देखकर आज आप प्रसन्न होंगे।

आपके और ग्रामणी महाशय के वार्तालाप के बाद ही आपके शुभागमन की मुझे खबर लग गई थी। वहाँ सारा विद्यालय-परिवार बड़ा उत्सुक है। हमारे आचार्य वशिष्ठ ने अभी मुझसे कहा है कि सबसे प्रथम आपके दर्शनों का अधिकारी नालन्दा-परिवार है।"

"आपने क्या टेलीफोन द्वारा यह वृत्तान्त जाना है?"

"हाँ। अभी तो पुस्तकालय में टेलीफोन पर बात ही कर रहा था। आपके इस जगह आने का समाचार भी उन्हें मैंने दे दिया। उन्होंने कहा है, यदि कष्ट न हो, तो इसी समय वार्तालाप और दर्शन देने के लिए कहें।"

"नहीं, कुछ नहीं। मुझे कुछ भी कष्ट नहीं है। कौन पैदल आया हूँ। चलो, चलें। यह मेरे लिए भी कम आनन्द का विषय नहीं है।"

यह कह, हम दोनों उठकर पुस्तकालय में गए। यहाँ सौ-डेढ़ सौ आदमियों के बैठने लायक एक खुला हॉल है। दो आलमारियाँ किताबों की हैं। बिजली की रोशनी जल रही है। बीच में बड़े-बड़े मेज और बैठने के लिए बहुत-सी कुर्सियाँ पड़ी हैं। विश्वामित्र ने जाकर टेलीफोन में घंटी दी। मैं वहाँ ही कुर्सी पर बैठ गया। वह कुछ क्षण के बाद मुझसे बोले—"हमारे आचार्य आपकी प्रतीक्षा में खड़े हैं।"

मैंने जाकर देखा, शीशे में एक वृद्ध पुरुष का प्रतिबिम्ब है। प्रतिबिम्ब ने होंठ हिलाकर सिर झुकाया और टेलीफोन से आवाज आई—'स्वागतम्'। मैंने भी सिर झुकाकर उत्तर दिया।

विश्वामित्र ने कहा—"यही हमारे आचार्य हैं। आप सत्तर वर्ष से विद्यालय की सेवा कर रहे हैं, जिसमें बीस वर्ष से आप आचार्य के पद पर वर्तमान हैं।"

मैंने कहा—"वशिष्ठ जी, आपके मिलने से मुझे बहुत ही प्रसन्नता हुई। वास्तव में आप सब धन्य हैं, जो इस प्रकार अनवरत विद्या-दान द्वारा जगत् का उपकार कर रहे हैं।"

"यह हमारा कर्तव्य है।...हाँ, नालन्दा-परिवार की ओर से मेरी प्रार्थना है, कि अन्यत्र कहीं का निमन्त्रण स्वीकार करने से पूर्व, पहले अपने विद्यालय में पधारें।"

"यही मेरी स्वयं की इच्छा है, इसके विषय में और कहना न होगा। मैं यहाँ से सीधे वहाँ ही आऊँगा।"

"अध्यापक विश्वामित्र आपकी सेवा में हैं ही, यह भी खुशी की बात है। वह अब विद्यालय को लौट रहे हैं; उन्हीं के साथ पधारें। आपका शरीर अत्यन्त कृश है। इसलिए हमारा यह आग्रह नहीं कि आप तुरंत आवें।"

"अवश्य यहाँ से वहाँ ही आ रहा हूँ। सभी बालक-बालिकाओं और अध्यापक-अध्यापिका परिवार से मेरी मंगल-कामना कहें।"

"यहाँ शब्द प्रसारक से सभी सुन रहे हैं। अच्छा, तो अब आप विश्राम करें।"

इस वार्तालाप ने एक अद्‌भुत आनन्द मेरे हृदय में पैदा कर दिया। मैं विश्वामित्र का हाथ पकड़े वहाँ से अपने कमरे में आया। मैंने कहा—

"विश्वामित्र! मेरे समय के और अब के संसार में बड़ा फर्क है। तुम तो इतिहास के अध्यापक ही हो—इन बातों को जानते हो। किन्तु यह मुझे अधिक आश्चर्यमय इसलिए मालूम होता है, कि मैंने दो सौ वर्षों के पूर्व का संसार इन्हीं आँखों से देखा था। मुझे वे बातें कल की-सी दीख पड़ती हैं। उस समय समानता की धीमी-सी आवाज उठी थी; किन्तु यह रूप-रेखा स्वप्न में भी कहाँ मालूम होती थी? मैं आज ही तुम्हारे संसार में आया हूँ। अभी तो मैंने इसका शतांश भी देख-समझ न पाया। किन्तु, इतने ही में आश्चर्य-समुद्र में डूब रहा हूँ। मुझे यह देखकर प्रसन्नता हो रही है कि तुम्हारे संसार ने आशातीत उन्नति की है।"

विद्यालय के विषय में

"अच्छा, यह तो बताओ, नालन्दा विद्यालय की इस समय क्या स्थिति है?"

"अब नालन्दा बहुत विशाल विद्यालय है। पुराने बड़गाँव से राजगृह तक विद्यालय के ही भवन और छात्रावास चले गए हैं। सारे भूमंडल में दर्शन और इतिहास के लिए ऐसा दूसरा विद्यालय नहीं। वहाँ अध्ययन के लिए यूरोप, अमेरिका, जापान, अफ्रीका, आस्ट्रेलिया सभी जगहों से विद्यार्थी आते हैं। प्राचीन वस्तुओं का संसार में सबसे बड़ा संग्रहालय यहीं पर है। प्राचीन लिपियों और भाषाओं के पढ़ने-पढ़ाने का यहाँ सर्वोत्तम प्रबन्ध है। 'सार्वभौम संघ' की आज्ञा से, सिर्फ भारत की इतिहास विषयक सामग्री ही नहीं, बल्कि रोम, यवन, मिस्र, असुर कल्दान, मेक्सिको आदि के विषय की कितनी ही सामग्रियाँ वहाँ संग्रहित हैं। नालन्दा को अभिमान है कि उसने अन्तर्राष्ट्रीय इतिहास को प्रस्तुत करने में बड़ी सहायता की है। दर्शन का अध्ययन नालन्दा में उत्तम रीति से होता है। नव्य, प्राचीन, पौरस्त्य, पाश्चात्य सभी दर्शनों के अध्ययन का प्रबन्ध है। हमारे आचार्य दर्शन के महान् विद्वान् हैं। संस्कृत, पाली, जन्द, प्राकृत, यवनामी, लातीनी (रोमक) इत्यादि बहुत-सी भाषाओं के वहाँ अध्यापक हैं। भाषाओं के अध्ययन में अब सचमुच बड़ी क्रान्ति हो गई है। प्रत्येक भाषा के अध्ययन का उपयुक्त वातावरण बना हुआ है। विशेष-विशेष भाषाओं के जिज्ञासुओं को यहाँ रखकर एक प्रकार से दूसरी भाषा से

उनका नाता ही तुड़वा दिया जाता है। उनका सभी समालाप उसी भाषा में होता है। वस्तुओं का नाम आदि अध्यापकगण आकृति-प्रदर्शनपूर्वक उसी भाषा में बतलाते हैं। इस प्रकार तीन वर्ष में छात्रों का उस भाषा पर अधिकार हो जाता है। ज्योतिषशास्त्र का अध्ययन भी भारत में सबसे अच्छा नालन्दा में होता है। राजगृह के वैभारगिरि पर यहाँ की महान् वेधशाला है। ज्योतिष-साहित्य की वृद्धि में भी हमारे विद्यालय ने भाग लिया है। भारत के 'नालन्दा' और 'तक्षशिला' के विद्यालय भूमंडल के प्रमुख विद्यापीठों में से हैं। 'तक्षशिला' ने आयुर्वेद, वनस्पति, प्राणि और आदि शास्त्रों में बड़ी कीर्ति अर्जित की है।"

"पठन-काल विद्यालय में क्या है? नियम तथा परीक्षा क्रम कैसा है?"

"17 वर्ष का अध्ययन तो सब ही के लिए अनिवार्य है। यह नियम भारत के ही नहीं, सारे भूमंडल के विद्यालय के लिए एक-सा है। तीसरे वर्ष बालक बालोद्यान में ले लिया जाता है। उसके बाद 6 वर्ष तक शिशु कक्षा, 6 से 14 तक बाल कक्षा और 14 से 20 तक युवा कक्षा में शिक्षा पाता है। साधारणतया यहीं पढ़ाई समाप्त हो जाती है। इसके बाद लड़के अपनी प्रवृत्ति और योग्यता के अनुसार भिन्न-भिन्न व्यवसायों में लग जाते हैं; किन्तु जिनकी प्रवृत्ति विद्या-व्यवसाय में देखी जाती है, उन्हें अपने विषय में योग्यता बढ़ाने का और भी अवसर दिया जाता है। यह समय प्राय: 4 से 6 वर्ग तक का है किन्तु इसमें अवधि नहीं है। इसके बाद भी अध्ययन करते उन्हें आगे बढ़ने का पूर्ण अवसर प्राप्त है।"

इस प्रकार अनेक विषयों पर हमारा वार्तालाप चलता रहा। अभी बात ही चल रही थी कि आठ बजने का समय हो गया। इसी बीच में अतिथिशाला की श्री पद्मावती ने आकर अभिवादन कर लिया था, किन्तु हमारी गम्भीर बात छिड़ी देख वह और कुछ बोलना उचित न समझ, चली गई थीं। अब फिर उन्होंने आकर सूचित किया कि आठ बजने वाले हैं, भोजन का गोला दगने वाला है। चलने के लिए तैयार हो जाना चाहिए।

बीसवीं सदी

मैंने विश्वामित्र से पूछा—"यह गोला क्यों दगता है?"

"बात यह है, कि हर आदमी के पास घड़ी रखने की फजूलखर्ची राष्ट्र ने उचित नहीं समझी। इसीलिए समय की सूचना इस प्रकार दी जाती है। दिन-रात में जलपान और भोजन के लिए चार समय हैं—"सबेरे सात बजे प्रातराश, ग्यारह बजे दोपहर को मध्याह्न भोजन, तीन-साढ़े तीन बजे जलपान और फिर रात्रि में आठ बजे ब्यालू। इन चारों समयों पर तथा प्रातः जागने के समय तोप का गोला छोड़ा जाता है।"

"किन्तु मैंने बाग में सुमेध जी के पास तो घड़ी देखी थी?"

"हाँ, बाहर काम पर जानेवालों में एक मुख्य पुरुष के पास घड़ी रहती है सबके पास नहीं। अच्छा, तो अब हमें चलना है। यह लीजिये, गोला भी—अररर-धम्।"

हम लोग जल्दी ही वहाँ से निकल पड़े। देव, पद्मावती और हम दोनों चार आदमी थे। सड़क पर चारों ओर चाँदनी की भाँति बिजली की रोशनी फैल रही थी। सड़क प्रशस्त और स्वच्छ थी। उसके दोनों ओर एक समान पक्के मकानों की पंक्तियाँ थीं। हर एक मकान के सम्मुख सड़क तक फूलों के पौधे थे, जो अपनी शोभा और सुगन्ध से चलनेवालों के चित्त को प्रफुल्लित कर रहे थे। प्रत्येक घर के सामने बरांडा था, जो सौ-सौ घरों के लिए एक

ही था। विश्वामित्र जी ने बताया कि प्रत्येक पुरुष के रहने के लिए तीन-तीन कमरे हैं, जिनमें से सामनेवाला बैठक का कमरा उतना ही बड़ा है जितना कि वह कमरा, जिसमें से अभी हम आए हैं। इनमें दस कुर्सियाँ, आसानी से बिछाई जा सकती हैं। पीछे की ओर चौड़ाई में इससे ड्योढ़े, किन्तु लम्बाई में आधे, दो कमरे हैं—एक सोने के लिए, और दूसरा स्नान के लिए। यही तीनों कमरे मिलकर एक धर कहलाता है। ऐरो ही सौ घरों की एक श्रेणी है। हर श्रेणी के लिए एक-एक निर्वाचित प्रधान होते हैं, जो स्वयं भी उसी श्रेणी के एक घर में रहते हैं। मुझे पीछे मालूम हुआ, कि सुमेध ऐसी ही एक श्रेणी के प्रधान हैं। प्रत्येक श्रेणी का एक विस्तृत हाल होता है। जिसमें कुछ पुस्तकें, वाद्य तथा मनोरंजन की वस्तुएँ रहती हैं। यहाँ ही टेलीफोन भी लगा रहता है। इस सेबग्राम में ऐसी पच्चीस श्रेणियाँ हैं।

नर-नारी सड़क पर आपस में वार्तालाप करते चलते रहे थे। सब की बातों का लक्ष्य मेरी ही ओर दिखाई पड़ता था। मैंने हजारों नर-नारियों को मार्ग में देखा, किन्तु उनमें एक भी बच्चा नहीं दिखलाई पड़ा। मैंने समझ लिया, तीन वर्ष के बाद तो बच्चे ले ही लिए जाते हैं। सर्दी के कारण छोटे बच्चों को शायद इस समय साथ न ले जाते हों। अब मैंने पास के वृहद् भवन पर मोटे अक्षरों में 'भोजनागार' देखा। अपूर्व विद्युच्छटा चारों ओर छिटक रही थी। मकान में प्रविष्ट होने के लिए बहुत से द्वार थे। प्रविष्ट होने से पहले लोगों ने बरांडे में गर्म जल के नलों से हाथ धो लटकते रूमालों से हाथ पोंछे। फिर भीतर प्रविष्ट हुए। भोजन रखने की मेज-कुर्सियाँ वैसी ही थीं, जैसी कि बाग में देखी थीं। हॉल बहुत ही लम्बा-चौड़ा था। उसमें पाँच सहस्र आदमी आराम से बैठकर भोजन कर सकते थे। स्वच्छता और भीतरी सुन्दरता अपूर्व थी। रसोई-घर ज्ञात होता है, उससे पृथक् पीछे की ओर था। मेरे वहाँ पहुँचने के साथ ही ग्रामीण तथा अन्य पूर्व-परिचित पुरुष महिलाएँ आ गई थीं। मुझे एक कुर्सी पर बैठाया गया। मेरी दाहिनी ओर देवमित्र और बाईं ओर विश्वामित्र थे। भोजन पहले से परोस कर तैयार रखा हुआ था। भोजन के पदार्थों में रोटी, मांस और दो तरकारियाँ थीं। एक कटोरी में हलवा भी था। साथ ही

एक तस्तरी में थोड़ा फल और एक गिलास जल। अभी आकर दो मिनट हमें बैठना पड़ा, तब घंटा टनन्-टनन् हुआ, जिस पर देवमित्र ने कहा, अब भोजन आरम्भ होना चाहिए। यह इतनी प्रतीक्षा इसीलिए की जाती है कि भोजन करनेवाले सभी आ जाएँ। मुझे वह भोजन-मंडली बड़ी विचित्र मालूम होती थी। बीच-बीच में पुरुषों के साथ स्त्रियाँ भी बैठी निस्संकोच भोजन कर रही थीं। मैंने अपने दिल में कहा, बीसवीं शताब्दी के भारतीय ऐसा स्वप्न कब देख सकते थे। यद्यपि मैंने अभी पूछा नहीं था और देखने में शिक्षा, सभ्यता, शुद्धता में सभी स्त्री-पुरुष उच्च वर्ण के-से ज्ञात होते थे, तो भी मेरे मन में होता था, कि क्या ये सब ब्राह्मण-क्षत्रिय होंगे। कुछ तो मैंने पहले ही सुना था—अर्जुन के माता-पिता लंका निवासी थे। यद्यपि वेशभूषा सबका एक-सा था, किन्तु बहुत से स्त्री-पुरुष यूरोपवालों की भाँति गोरे मालूम होते थे। इन सब बातों से मेरे दिल में निश्चित-सा हो गया कि 'एक वर्णमिदं सर्वम्'।

भोजन करके सब लोगों ने उठ उठकर अपने-अपने द्वार से निकल गर्म नलों पर हाथ धोया। मुँह पोंछने के बाद, अब सब लोग वहाँ से चले। ग्रामणी ने पहले ही कहा था कि संस्थागार में जमावड़ा होगा। अत: वहाँ की ओर प्रस्थान किया गया। हाँ, एक बात यह भी देखी कि यद्यपि हाथ-मुँह सबने धोया किन्तु जूते को किसी ने खोल कर पैर नहीं धोया और न दूसरे कपड़े को भी किसी ने उतारा।

अब हम लोग वहाँ से संस्थागार को चले; यह भव्य भवन थोड़ी ही दूर पर था।

मकान बहुत ऊँचा, सुन्दर था—बाहर से बिजली की रोशनी जगमगा रही थी। यहाँ पर भी मोटे-मोटे प्रकाश-अक्षरों में मुख्य द्वार पर 'संस्थागार' लिखा हुआ था। भीतर प्रविष्ट हुए।

देवमित्र ने कहा—"जब तक सब लोग आ जाते हैं, तब तक आप रंगमंच के पिछले कमरे में बैठें।" जाकर अभी थोड़ी ही देर वहाँ बैठे होंगे कि इतने में रंगमंच से घंटी का शब्द हुआ, जिसे सुनकर ग्रामणी ने चलने का संकेत किया। मेरे पहुँचते ही मुझे देखकर सारी आँखें मेरी ओर हो गईं। 'संस्थागार'

की आभ्यान्तरिक शोभा अत्यन्त मनोहारिणी थी। रंगमंच पर तरह-तरह के रंगीन चित्र-विचित्र प्रखर विद्युत्प्रदीपों का प्रकाश था। भवन की छत बहुत ऊँची थी। बड़े-बड़े झरोखे लगे हुए थे। विद्युल्लता के प्रकाश से रात का दिन हो रहा था। यद्यपि सर्दी पड़ रही थी, झरोखे और द्वार चारों ओर खुले थे, किन्तु अन्तर्हित तापक यंत्रों की गर्मी से भीतर किसी प्रकार की सर्दी मालूम नहीं होती थी। दीवारों और छतों पर भी बहुत अच्छे रंग-बिरंगे बेल-बूटे बने हुए थे। जहाँ-तहाँ महापुरुषों के बड़े-बड़े चित्र लटक रहे थे, जिनमें विचारक कवि सभी प्रकार के पुरुष थे। कहीं बुद्ध थे, तो कहीं रूसो, कहीं मार्क्स तो कहीं एंगेल्स, सुकरात, प्लेटो, लेनिन, न्यूटन आदि अनेक जगन्मान्य पुरुषों के चित्र उस विस्तृत भवन में शोभा दे रहे थे। बीच-बीच में बहुत से सुभाषित टँगे थे।

मैंने जन-समाज की ओर देखा, वहाँ न कोई कृश था, न मलिन। स्त्री-पुरुष सब गद्दीदार बेंचों के ऊपर बैठे थे। उस विस्तृत भवन में पाँच सहस्र आदमी बैठे होंगे, तो भी पीछे की ओर की बेंचों पर और भी आदमी आसानी से बैठ सकते थे। इस भवन का उपयोग राजनीतिक, साहित्यिक सभी कामों के लिए होता है। ग्राम सभा की बैठकें यहाँ ही होती हैं। मनोरंजनार्थ, बाहरी या अपने यहाँ के प्रवीण लोग संगीत और नाट्याभिनय से यहीं सबको प्रसन्न करते हैं। इतिहास, विज्ञान आदि पर व्याख्याताओं के व्याख्यान भी यहीं होते हैं। अनेक राष्ट्रीय तथा सामाजिक महोत्सव यहाँ पर मनाये जाते हैं।

लोगों के शान्त बैठते ही, देवमित्र ने उठकर आज की सभा का सभापति होने के लिए श्री इस्माइल का नाम प्रस्तावित किया। प्रस्ताव करते समय उन्होंने कहा—"यद्यपि हम सबों के लिए साथी इस्माइल हृदय से परिचित हैं, किन्तु आज के अपने श्रद्धेय अतिथि की जानकारी के लिए इतना कह देना आवश्यक मालूम होता है, कि साथी इस्माइल अनेक बार हमारे ग्राम के ग्रामणी तथा नेपाल प्रजातंत्र के सभापति रह चुके हैं। यद्यपि आप साठ वर्ष के ही हैं, किन्तु गुणों से हम सब उन्हें वृद्ध समझते हैं। एक बात और है, जो आज के हमारे अतिथि के सम्बन्ध में उनको समीपतर बनाती है। यही नहीं कि वह नालन्दा विद्यालय के पुत्र हैं, बल्कि हमारे अतिथि को महापुरुष शफी

का नाम स्मरण होगा आप उसी वैशाली-वासी महापुरुष के पौत्र हैं। आपकी गणना संसार के बड़े-बड़े राजनीति-विशारदों में है। हमारे प्रान्त, विशेष कर हमारे सेबग्राम को इन पर अभिमान है, जहाँ पर कि शिक्षा-समाप्ति के बाद से ही आप रहते हैं।"

लोगों ने करतल ध्वनिपूर्वक प्रस्ताव को स्वीकृत किया और इस्माइल उठे। वास्तव में देखने मात्र से उनके चेहरे पर महापुरुष का तेज झलकता था। यथार्थ में उनको 60 वर्ष का युवक कहना चाहिए। इनको ही क्या, 60-70 वर्ष का अब का आदमी बीसवीं शताब्दी के 35-40 वर्ष के हृष्ट-पुष्ट आदमी-सा मालूम होता है। जैसे और बातों में आज के संसार ने उन्नति की है वैसे ही इस बात में भी। श्री इस्माइल ने कहा—

"साथियो! अनेक ज्ञानी-वयोवृद्धों के सम्मुख मुझे इस सेवा के लिए स्वीकार करने का कारण आपकी निष्कारण दया के सिवाय और कुछ नहीं हो सकता। मैं तो ऐसे ही महापुरुष के शुभागमन का सन्देश पा आनन्द में मस्त हो रहा था। मुझे गर्व है कि मैंने विद्या द्वारा ही नालन्दा में जन्म नहीं लिया बल्कि मेरा जन्म भी वहीं का है। पितामह, आप लोगों को विदित है, पूरे डेढ़ सौ वर्ष के होकर मरे थे। वे सुनाया करते थे कि कैसी कठिनाइयों में नालन्दा का पुनरुद्धार किया गया। जबकि उनकी अवस्था पच्चीस वर्ष की थी, तभी उन्होंने विद्यालय के लिए अपना जीवन दान दिया और अन्त में वहीं अग्नि-समाधिस्थ भी हुए। वह कहते थे कि हमारे साथ अनेक महापुरुष उस समय नालन्दा की सेवा करते थे। उस समय विद्यालय की भूमि पर थोड़ी-थोड़ी दूर पर छोटे-छोटे ग्राम बसे हुए थे। विद्यालय के पुरातन भवनों के ध्वंसावशेष भीटों-जैसे थे। उस समय बुद्ध-पोखर आदि की यह शोभा न थी। बड़गाँव नाम का एक छोटा सा ग्राम वहाँ था, जहाँ अब भी सूर्य का मन्दिर है। कार्तिक की सूर्य-षष्ठी का मेला अलबत्ता एक दिन का होता था, जिसमें महिलाएँ ही अधिक सम्मिलित हुआ करती थीं। आपको ज्ञात है, उस समय स्वार्थान्धता का साम्राज्य था। पुरुष स्त्रियों की शिक्षा में धर्म की हानि समझते थे। हमारे मुसलमान भाइयों ने धर्म के नाम से स्त्रियों को जकड़बन्द

किया, जिसकी देखा-देखी समस्त उत्तरी भारत स्त्री जाति का एकान्त कारागार हो गया था। यह बड़ी भारी कृपा समझिए, जो स्त्रियाँ उस मेले में धर्म के सम्बन्ध से जाने जाती थीं। यह तो सभी ने सुना था कि आचार्य विश्वबन्धु 30 वर्ष तक विद्यालय की सेवा करके उत्तराखंड को चले गए; और तब से कुछ पता नहीं लगा किन्तु यह किसको आशा थी कि हम लोगों का ऐसा सौभाग्य उदय होगा। आज तीन पीढ़ियाँ प्रतीक्षा करती चली गईं। हम सब जब इन बातों को सुनते थे, तो स्वप्न देखते थे—यदि महापुरुष का फिर दर्शन होता, यदि वह फिर पधारते, तो उन्हें अपने सिर आँखों पर रखते। हम लोगों ने स्त्रियों के ऊपर वह अत्याचार होते जन्म से ही नहीं देखे। हम लोगों ने तो जन्म से मनुष्यों का ऊँच-नीच होने के शब्द ही नहीं सुने। हमें तो धर्म के नाम से कट मरने की चर्चा भी न सुन पाए किन्तु इतिहास में आपने पढ़ा है—आपके देश का मुख उज्ज्वल करनेवाले अध्यापक विश्वामित्र यहीं हैं। इतिहासों में अब जब हम लोग धर्म के नाम पर मार-काट पढ़ते हैं, तो हँसते हैं—वैसे ही हँसते हैं, जैसे एक राजा की बात के कारण सहस्त्रों पुरुषों को पतंगों की भाँति युद्ध-अग्नि में जलते सुनने पर। जिन्होंने उस अन्धकार युग में मनुष्य-जाति के कल्याण के लिए भगीरथ प्रयत्न किया, वे धन्य हैं। आज महापुरुष विश्वबन्धु की पवित्र मूर्ति हमारे मध्य में है। (महापुरुषों की तस्वीरों की ओर इशारा करके) आज हम समझते हैं, ये सारे देवगण मूर्तिमान, सजीव हमारे मध्य में हैं। वास्तव में क्या हमारे हृदय का भाव, हमारी भक्ति-उद्‌गार वाणी द्वारा प्रकट किया जा सकता है?"

"साथियो! हमारे गाँव का सबसे अधिक सौभाग्य है कि आप पहले यहीं पधारे। आज वस्तुतः अनिर्वचनीय आनन्द का समुद्र हमारे हृदयों में तरंगित हो रहा है। हम पूजनीय महात्मा को किस प्रकार पूजें, किस प्रकार स्वागत करें, यह समझ में नहीं आता। ऐसे अपूर्व महापुरुष के लिए हमारे पास कौन-सा द्रव्य है? अधिक कुछ नहीं, सिर्फ इतना ही—महात्मन्! हम सब आपके कृतज्ञ हैं, आपके ऋणों का हमसे परिशोध नहीं हो सकता। साथियो, यद्यपि हम सब लालायित हैं कि आपके मुँह से कुछ सुनें; किन्तु यह लोभ हमारा बलात्कार

होगा। दो सौ साठ वर्ष का शरीर, उसमें भी दो सौ वर्ष का लम्बा उपवास। अस्तु! अब मैं अधिक आप सबकी ओर से महात्मा की सेवा में और क्या कह सकता हूँ, सिवाय इसके कि सत्पुरुष! हम आपके कृतज्ञ हैं, हम आपसे उऋण होने योग्य नहीं।"

मैंने यह सब कथन बड़ी सावधानी से सुना। सुनते समय कितने ही अतीत-दृश्य मेरे मानस-नेत्रों के सम्मुख आते-जाते थे। कथन-समाप्ति के बाद ही मैंने खड़े होकर कहा—

"बन्धुओ! मैं जो कुछ देख रहा हूँ, यही एक स्वप्न था, जिसको जागृत में लाने के लिए लाखों ने अपना जीवन-सर्वस्व अर्पण किया। तुम समझ सकते हो, उस स्वप्न को जीते-जागते देखते हुए मेरे हृदय में कैसा आनन्द होता होगा। अभी आज के जगत् का कितना अंश मैंने देख ही पाया है; किन्तु जो कुछ देखा है वही क्या कम है? मान लो, आज मैं यदि 1623 के किसी गाँव में जाता, तो क्या यह सेबग्राम मिलता? आपका पाँच हजार की आबादी का यह गाँव है, ऐसे ही ग्रामों की उस समय की अवस्था सुनाता हूँ। मिट्टी के कच्चे मकान, जिनमें कहीं-कहीं मकान की मिट्टी गिर गई है। कहीं एक कोना खिसक पड़ा है। फूस की छत और खपड़ैल टूटी-फूटी पड़ी हुई है। दस घर में शायद दो घर ऐसे होंगे, जिनमें बरसात की बूँदें भीतर न टपकती हों। जगह-जगह पतली-पतली गलियों में कूड़ा-कर्कट फेंका हुआ है, वहीं नाबदान का सड़ा पानी बह रहा है। लड़के वहीं पाखाने के लिए बैठ जाते हैं। बरसात के दिनों में तो और भी सड़-सड़ कर कीचड़ और दुर्गन्ध की भरमार हो जाती थी। बस्ती के चारों ओर लगे हुए खेत ही लोगों के पाखाना जाने की जगह थीं। कुत्ते जगह-जगह फिरते रहते थे। किसी प्रकार मुश्किल से, जिस रास्ते से गाड़ी जा सके, वही उस समय की सड़क थी। आज-कल वे बैलगाड़ियाँ और एक्के कहाँ हैं? प्राचीन वस्तुओं के संग्रहालयों में उन्हें आप लोगों ने देखा होगा। वही उस समय की सवारी थी। धनी लोग अच्छे-अच्छे घोड़ों की गाड़ियाँ रखते थे। हाथी भी सवारी के लिए रखे जाते थे। अब तो आपके यहाँ, मोटर ही सवारी के लिए, मोटर ही लादने के लिए,

गाँव के सभी काम मोटर ही से होते हैं। उस समय यह सभी काम आदमी या बैलगाड़ी से होते थे। मैंने भी कई बार रात-रात भर बैलगाड़ी पर चढ़कर 8-10 कोस की यात्रा पूरी की थी।

"हाँ, मैं उस ग्राम का वर्णन कर रहा था। बीच में गाँव की उसी पतली सड़क की दोनों बगल दूकानें होती थीं, जिनमें हलवाई बतासे और लड्डू बेचते थे, बजाज कपड़े, पंसारी रंग-मसाले, कोई साग-तरकारी, कोई सूई-धागा, कोई नून-तेल। हफ्ते में एक या दो दिन बड़े हाट लगते थे, जबकि आस-पास के गाँवों से आवश्यक चीजों को खरीदने के लिए ज्यादा आदमी आया करते थे। कोई पैसों से आवश्यक चीजें खरीदता था। कोई अनाज से बदलता था। दूकानदार इस खरीद-बेच से कुछ प्राप्त कर अपना निर्वाह करते थे। लोगों की अवस्था की क्या पूछते हो? आप लोगों को तो उस समय का बड़े-से-बड़ा धनिक भी देखता, तो देवता कहता। पाँच-छः वर्ष के लड़के चार अंगुल कपड़े की लँगोटी लगाए फिरा करते थे। कुछ धनिकों को छोड़कर, साधारणतया सभी एक अँगोछा और धोती ही से काम चलाते थे। सो भी मैले-कुचैले और बहुतों के तो फटे-चीथड़े। स्त्रियाँ भी एक-एक मैली साड़ियों से गुजारा करती थीं, जिन्हें चिथड़े-चिथड़े हो जाने पर भी पेबन्द लगाकर पहनती ही जाती थीं। मैंने बुन्देलखंड में ऐसी अनेक स्त्रियाँ देखी थीं, जिनका लहँगा एकदम जर्जर हो गया था और घिरावे की चुनावट के कारण ही आर-पार दिखाई नहीं पड़ता था; अन्यथा शायद ही कहीं एक अँगुल साबित कपड़ा हो। वे क्या करें, गरीबी ही ऐसी थी।

"फिर अत्याचार कैसा? स्त्रियों का जूता पहनना उस समय बहुत-सी जातियों में एक तो पाप समझा जाता था; दूसरे, पहनने के लिए नसीब ही कहाँ से होता! जाड़े के दिनों में फटे चीथड़ों को सीकर, अगर किसी ने एक गुदड़ी बना पाई, तो समझ जाओ, उसने बड़ा ऐश्वर्य पा लिया। पुवाल बिछाकर लड़के वाले सब उसी गुदड़ी के नीचे दबकर सो जाते थे। सोने के लिए चारपाइयाँ सबको नसीब न थीं। कपड़ों की तंगी से बहुतों को जाड़ा भी पुवाल ओढ़कर काटना पड़ता था। लकड़ियाँ कहाँ नसीब थीं कि आग

तापते? यदि घास-फूस इकट्ठा कर पाया, तो बड़ी प्रसन्नता से उसके किनारे बैठकर परिवार ने थोड़ी देर धुआँ लिया।

"मुझे खूब याद है। एक समय मैं जाड़े के दिनों में बहुत सबेरे ही रास्ते से जा रहा था। उसी रास्ते पर फटी-पुरानी, मैली-कुचैली साड़ी पहने एक बुढ़िया सूप में कुछ लिए आ रही थी। उसके पीछे-पीछे दो लड़के चार-पाँच वर्ष के थे। उनमें से बड़े के पास एक लँगोटी थी, छोटे के बदन पर एक सूत भी नहीं था। माघ-पूस का जाड़ा पड़ रहा था। सर्दी के मारे दोनों बच्चे ठिठुरे जा रहे थे। उन्होंने अपनी मुट्ठियों को खूब कड़ी बाँधकर कमर झुका ली थी। ऐसे लड़के एक-दो नहीं, लाखों उस समय भारत में थे।

"सड़ा-गला, खराब अन्न भी उस समय करोड़ों आदमियों को पेट-भर न मिलता था। कितने ही लोग पेट के लिए गाँव-गाँव भीख माँगते फिरते थे। मैंने अपनी आँखों से अनेक स्थानों पर ऐसे लड़कों और आदमियों को देखा था जो कि, फेंके जाते जूठे टुकड़ों को कुत्तों के मुँह से छीनकर खा जाते थे। यह बात नहीं कि लोग परिश्रम से घबराते थे। दो-चार चाहे वैसे भी हों; किन्तु अधिकतर ऐसे थे, जो रात के चार बजे से फिर रात के आठ-आठ दस-दस बजे तक भूखे-प्यासे खेतों, दूकानों, कारखानों में काम करते थे, फिर भी उनके लिए पेट-भर अन्न और तन के लिए अत्यावश्यक मोटे-झोटे वस्त्र तक मुयस्सर न होते थे। बीमार पड़ जाने पर उनकी और आफत थी। एक तरफ बीमारी की मार, दूसरी ओर औषधि और वैद्य का अभाव और तिस पर खाने का कहीं ठिकाना न था। 1918 के दिसम्बर का समय था, जबकि सिर्फ इन्फ्लुयेंजा की एक बीमारी में, और सो भी 4-5 सप्ताह के अन्दर, 60 लाख आदमी भारतवर्ष में मर गए। मरनेवाले अधिकतर गरीब थे, जिनके पास न सर्दी से बचने के लिए कपड़ा था, न पथ्य के लिए अन्न; न दवा के लिए दाम था, न रहने के लिए साफ मकान। वह पशु-जीवन नहीं, नरक का जीवन था। आदमी कुत्ते-बिल्ली की मौत मरते थे। मुझे आज-कल की भाषा-परिभाषा का बोध नहीं, अतः उसी पुरानी भाषा में ही बोल रहा हूँ। सम्भव है, आप लोगों को कहीं-कहीं समझने में कठिनाई हो।

"महिलाओं और सज्जनों! जिस समय देश के अधिकांश मनुष्य इस प्रकार का जीवन व्यतीत कर रहे थे उस समय बहुत थोड़े आदमी थे, जो इनसे कुछ अच्छी दशा में थे; जिन्हें उस समय की परिभाषा में खाता-पीता कहते थे। हाँ, अँगुलियों पर गिनने लायक ऐसे आदमियों का समूह था, जिन्हें सब प्रकार के भोग सुलभ थे। ये लोग धनिक थे और नवाब, राजा, बाबू, तालुकेदार, बड़े-बड़े जमींदार, सेठ-साहूकार, महाजन, कारखानेदार के नामों से पुकारे जाते थे। यद्यपि एकाध उनमें से कोई निकल आते थे, जिन्हें उपरोक्त दुखियों का कष्ट प्रभावित करता था परन्तु ऐसों की संख्या नहीं के बराबर थी। धनी लोग बड़े-बड़े महलों में रहते थे, जो दो-महले, चौ-महले, पंच-महले होते थे। उन्हें केवल अपने शरीर की सेवा के लिए बहुत-से स्त्री-पुरुष परिचारकों की आवश्यकता थी। कितने ही राजाओं के पास तो दो-दो, तीन-तीन सौ लौंडियाँ थीं; दो-दो, चार-चार सौ स्त्रियों से उनका रनिवास भरा रहता था। इस पर भी ये लोग धर्म-धुरन्धर कहे जाते थे। किसी की इज्जत बिगाड़ देना, किसी का स्वत्व अपहरण कर लेना, इनके इशारों का काम था। जब ये लोग चलते थे, तो इनके आगे-पीछे सैकड़ों आदमी इनकी शरीर-रक्षा के लिए चलते थे। कितने तो पालकियों पर चलते थे, जिन्हें आदमी ही ढोते थे। गाली तो सदैव इनके मुखारविन्दों की शोभा थी। जरा-जरा बात में अपने आदमियों का वह उसी से सत्कार किया करते थे। आप सो रहे हैं—दूसरे उनके पैर दबा रहे हैं, पंखे झल रहे हैं। ये लोग अपने हाथ से कोई भी काम करना अप्रतिष्ठाजनक समझते थे। एक आदमी के लिए कितनी ही मोटरें, घोड़े-गाड़ियाँ, टमटम, सवारी के घोड़े, हाथी रहते थे। उनमें से बहुत तो दिन-रात शराब, भंग, अफीम के नशों में मस्त रहते थे। स्वयं परिश्रम कुछ भी न करते हुए, दूसरे की मेहनत की कमाई में आग लगाना ये खूब जानते थे। दूसरों के जख्म पर 'सी' करनेवाले तो कम, पर नमक लगाने वाले अधिक थे। सिर्फ अपने एक शरीर के खाने-कपड़े पर ये लोग जितना खर्च करते थे, उतने से हजार आदमी सानन्द जीवन व्यतीत कर सकते थे। इनको अकेले रहने के लिए, सैकड़ों आदमियों के रहने लायक मकान होते थे। सबसे असह्य बात

तो यह थी कि दुराचार और अत्याचार की साकार मूर्ति होने पर भी, ये लोग धर्म के स्वरूप बनकर संसार में ध्रुव-पद ग्रहण करना चाहते थे, जिसमें कुछ ने यदि सफलता पाई हो, तो भी सन्देह नहीं। वह अपने सामने मनुष्यता का मूल्य नहीं समझते थे। इनका जादू न्यायाधीश, धर्माध्यक्ष, पंडित-मौलवी-पादरी सभी पर था। सभी इनकी हाँ-में-हाँ मिलाते तथा इनके लाभ की बात के लिए अपने-अपने ग्रन्थों से प्रमाण देने को तत्पर थे। पंडित कहते—"धनी-गरीब, राजा-प्रजा अपने-अपने पूर्व जन्म की कमाई से होते हैं। यह सनातन से चला आया है। यही भगवान् की इच्छा है। वेद-पुराण सब इसके साक्षी हैं।" मौलवी कहते थे—"खुदा ने दुनिया की भलाई ही के लिए अमीर-गरीब, बादशाह-रैयत बनाया, नहीं तो दुनिया का काम कैसे चलता? सारे रसूल, पैगम्बर इस बात के कायल और अपनी किस्मत पर सन्तुष्ट थे। बादशाह और मालिक पर खुदा का साया है।" ऐसे ही सभी एक ही सुर में अलापते थे। असल बात तो यह थी कि लाखों परिश्रमी दीनों का भाग छीनकर धनी लोग अकेले ही सब न खाकर कुछ टुकड़े इन लोगों को भी फेंक देते थे, जिन पर ये लोग हाँ-में-हाँ मिलाना अपना कर्त्तव्य समझते थे। धन्यवाद है कि अब वह जादू उतर गया।

"अब तो आप सबको यह बातें सुन-सुनकर आश्चर्य होता होगा—क्या वे लाखों आदमी सचमुच भेड़ थे, जिन्हें एक धनी अपनी अँगुली के इशारे पर नचाता था! यदि लोग जरा भी अपनी बुद्धि से काम लेते तो क्यों गुलामी में पड़े रहते? सचमुच आज यह तर्क बहुत सरल है, किन्तु उस समय यह सोचना असम्भव मालूम होता था—शेखचिल्ली का महल कहलाता था। आज की अवस्था के शतांश का भी विचार रखनेवाले उस समय पागल, खब्ती, अधर्मी, मनुष्यता के शत्रु समझे जाते थे। शिक्षा लाभ करके प्रत्येक आदमी उस धनिक श्रेणी का बनना चाहता था, चाहे हजार में कोई एक ही हो पाता हो। इस प्रकार शिक्षित और धनिक तो इस तत्त्व की ओर ध्यान न देते थे और गरीब इसे असम्भव समझते थे। वह अपने ही कमजोर ख्यालों से इस प्रकार जकड़े हुए थे कि सचमुच उन्हें ऐसा होना असम्भव मालूम पड़ता था। आप कहेंगे—कैसी मूर्खता है। अपनी मेहनत की कमाई दूसरे को खाने

न देकर हमी खाएँगे, इतनी बात समझना कौन कठिन था? किन्तु, उनके लिए तो यही लोहे का चना था। उधर धनी लोगों की ओर से कहा जाता था—ऐसा होने से धर्म नहीं रहेगा; जाति-मर्यादा चली जाएगी, कलयुग आएगा। अभाग्यवश श्रमजीवी लोग भी अनेक ऊँच-नीच श्रेणियों में विभक्त थे। बिहार का ब्राह्मण श्रमजीवी कहता था—गरीब हैं तो क्या, खाने को नहीं मिलता तो क्या, किन्तु चमार, अहीर, राजपूत 'पा-लगी' तो करते हैं—'महाराज' तो बोलते हैं? भला चमार, अहीर हमारे बराबर हो जाएँगे? सचमुच बड़ा अधर्म होगा! भूखा मरना अच्छा; अपनी कमाई दूसरा खाये, वह भी अच्छा; किन्तु चमार को अपने ही ऐसा मनुष्य समझना ठीक नहीं। ऐसे ही, अपने से ऊँची जाति के पठान-सैयद के अभिमान को, चाहे गाँव का मोमिन-जुलाहा दिल से अच्छा न समझता हो, किन्तु अपने से नीच गिने जानेवाले भंगी को अपने बराबर होने देना उसे भी अभीष्ट न था।

"अब अन्त में, आप लोगों के वर्तमान ध्येय के विषय में कुछ कहकर मैं अपना वक्तव्य समाप्त करता हूँ। सबसे प्रथम तो यह है कि यह न समझ बैठो कि हम सब अन्तिम स्थान पर आ गए; अब हमारी सभी बातें पूर्ण हैं, अब हममें कोई त्रुटि नहीं। जिस समय यह विचार आ जाएगा, उसी समय से आप पीछे की ओर खिसकने लगेंगे—आपका ह्रास होने लगेगा। मनुष्य कहाँ तक उन्नति कर सकेगा यह असीम है। जिस प्रकार कुछ दिनों पूर्व ज्योतिष में अति दूर एक सितारा आविष्कृत हुआ था, आगे उससे भी दूर दूसरा मिला है; उसी प्रकार लाखों वर्षों तक दूर से दूर सितारों का पता दूरबीनों और फोटो चित्रों से लगता जाएगा। वैसी ही हमारी उन्नति, हमारे संशोधन का क्षेत्र अनन्त दूर तक विस्तृत है। दूसरी बात ज्ञान की वृद्धि है। इसमें सन्देह नहीं, उस समय शिक्षा में जो उच्चता की अवधि थी, अब वहीं से उसका आरम्भ है। आपका समाज बहुत सुशिक्षित और सभ्य है; किन्तु आप उन्नति करके आज के अन्त को कल का आरम्भ बना सकते हैं। आपके उत्तराधिकारियों को भी ऐसा अधिकार है। यह बड़े आनन्द की बात है कि आज विद्या सारे मानव के हित के लिए पढ़ी जा सकती है। आज विद्या का वह पारितोषिक नहीं, मूल्य

नहीं, जो दो शताब्दियों पूर्व रखा जाता था। आज की सभी समृद्धि का मूल वही ज्ञान—वही विद्या—है, जिसकी कमी के कारण पहले लोग मनुष्यता से गिर गए थे। इसकी वृद्धि में उपेक्षा और इसके प्रचार में असावधानी होना सभी खराबियों की जड़ है। उन्नति की आकांक्षा और ज्ञान का अधिक-से-अधिक प्रसार यही दो मूल बातें हैं, जिनसे आपने अब तक उन्नति की है और आगे भी इसके लिए असीम क्षेत्र पड़ा हुआ है। मैं आपके प्रेममय भाव से अत्यन्त सन्तुष्ट हूँ। और बस।"

मेरे व्याख्यान की समाप्ति पर साथी इस्माइल ने एक बार उठकर मुझे धन्यवाद दे, सभा विसर्जित की। मैं विश्वामित्र, इस्माइल, देवमित्र, इस्माइल की पत्नी प्रियंवदा तथा दूसरे सज्जनों के साथ विश्राम स्थान पर आ गया। रात्रि के दस बज चुके थे, मैंने उनकी सूचना और प्रार्थना के उत्तर में संक्षेप में कहा—कल-परसों और चौथे दिन मैं यहाँ ही रहकर आस-पास का तथा आपके ग्राम का अध्ययन करूँगा। इसके बाद अध्यापक विश्वामित्र के साथ यहाँ से सीधे नालन्दा जाऊँगा। वहाँ से भारत के प्रधान-प्रधान स्थानों की स्थिति का अध्ययन करके फिर कहीं बाहर कदम रखूँगा। आप सार्वभौम संघपति श्रीदत्त को भी इसकी सूचना दे दें। देवमित्र ने कहा आपके साथ, साथी इस्माइल और साथिन प्रियंवदा भी बराबर रहेंगी। और यहाँ की बातों के समझने में सहायता पहुँचाएँगी। मैंने इसके लिए कृतज्ञता प्रकट की। इसके बाद सब लोग अपने-अपने स्थान को चले गए। विदा होते समय इस्माइल जी ने भी सलाम नहीं किया। मुझे पहले ही से इन लोगों के मजहब से दूर हो जाने की झलक दिखलाई पड़ती थी और पूछने की इच्छा होती थी। अब वह इच्छा और बलवती हो गई। विश्वामित्र पास ही बैठे थे। मैंने पूछा—

"विश्वामित्र! यद्यपि मैंने लोगों के नाम हिन्दू, मुसलमान जैसे सुने; किन्तु उनकी पोशाक, बातचीत, सलाम-दुआ में कोई फरक नहीं मिलता, क्या सभी मजहब मिल गए?"

"मिल नहीं गए; प्रगति-विरोधी इन मजहबों को हमने निकाल फेंका। नामों

में भी बहुत परिवर्तन है, तो भी लोग जैसी इच्छा होती है वैसा नाम रख लेते हैं।"

"और भाषा? इस समय सारे भारत की मातृभाषा 'भारती' है जिसे आपके समय की हिन्दी-उर्दू की प्रतिनिधि कहना चाहिए। यही एक भाषा सर्वत्र बोली जाती है, लिपि भी नागरी है। अब भाषा की कठिनाइयाँ नहीं हैं। भिन्न-भिन्न प्रान्तों में साहित्यिक-धार्मिक जिज्ञासा से दूसरी भी भाषायें पढ़ी जाती हैं; किन्तु है 'भारती' भाषा ही सर्वेसर्वा। चाहे किसी भी प्रान्त का भारतीय क्यों न हो, उसकी भाषा भारती होगी। अब पुराने पक्षपात तो रहे नहीं, इसलिए सबके भाषा, भाव, भेष एक से हो गए हैं।"

"मैंने अब अधिक देर तक विलम्ब करना उचित नहीं समझा। समय की व्यवस्थाओं से मुझे अनुमान हो गया था कि शयन आदि का भी अवश्य कोई नियम होगा। विश्वामित्र भी अपने कमरे में सोने चले गए। मैं भी अपने पिछले सोनेवाले कमरे में पलंग पर जा लेटा। अभी मेरी आँखों में नींद नहीं थी। सामने दीवार से लगा हुआ बिजली का शुंडाकार प्रदीप अपना प्रकाश फैला रहा था। तापक मकान को गर्म किए हुए था और वहाँ सर्दी का नाम न था। आज षष्ठी तिथि मालूम होती थी। चन्द्रमा अभी वृक्षों के शिखर से मेरी कोठरी में झाँकने लगा है। सामने का पर्वत कुछ दूर है। चाँदनी चारों ओर छिटकी हुई है। रात्रि स्तब्ध है। मेरे बिस्तरे पर आने के साथ ही रेल का घरघराना सुनाई दिया था। रात्रि की इस नीरवता में, एक-एक करके आज के प्रत्येक दृश्य की फिर एक-एक बार आवृत्ति होने लगी। साथ ही मन ने सब पर एक-एक स्वतन्त्र टिप्पणी भी करनी आरम्भ कर दी। स्त्री जाति की स्वतन्त्रता का दृश्य सम्मुख आते ही कहा—तब तो एक-एक हाथ के घूँघट और बुर्कों की बोरा-बंदी अब काहे को दिखाई देने लगी? अब दो बीस, चार बीस करके गिननेवाली स्त्रियाँ कहाँ मिलेंगी? अब, लड़कों के पूछने पर, चन्द्रमा के धब्बे, तारा, आकाश-गंगा की विचित्र कथा सुनानेवाली माताएँ कहाँ मिलेंगी? धनियों का ख्याल आते ही सोचा—तो अब राजाबहादुर, महाराजा बहादुर, राय बहादुर, खान बहादुर, नवाब बहादुर होने के लिए कोई न मरता होगा। अब इन पदों के दाता-प्रतिगृहीता भूमण्डल से सदा के लिए विदा हो

गए। आज के गाँव का दृश्य सम्मुख आते ही पुराने गाँव का चित्र दिल से भागने लगा। शायद इसीलिए कि आसानी से उसका ज्ञान न हो जाए। मैंने भी मन से कह दिया—तो इसकी परवाह क्या, तुम न दिखलाओगे, तो जादू-घर में देखने से तो रोक न सकोगे?

एक-एक करके सब टिप्पणियाँ समाप्त हुईं। इसी बीच ग्यारह बजने का घंटा भी बज गया। मैंने कहा, अब बारह भी थोड़ी देर में बजेगा; कल के कर्त्तव्य का थोड़ा-सा विचार करके सो जाना अच्छा है। सोचा—सेबग्राम की बागों की बातें तो देख-सुन लीं। घरों और श्रेणियों की भी बात मालूम हो गई। संस्थागार-भोजनागार भी देख ही लिया। सुमेध ने कहा था कि तीन वर्ष के होते ही बालक विद्यालयों में भेज दिये जाते हैं। देखना है कि तीन वर्ष तक के बालक कैसे रहते हैं; चिकित्सालय भी देखना है, गाँव की सफाई आदि की बातें जाननी हैं; यही मुख्य बातें हैं। इस्माइल और विश्वामित्र दोनों ही विस्तृत अनुभव वाले पुरुष हैं। इनके साथ सबका देखना और भी अच्छा होगा। इस प्रकार विचार कर मैंने आज निद्रा-देवी की गोद में विश्राम लिया।

ग्राम और ग्रामीण

पाँच बजने से पहले ही मेरी नींद खुल गई थी। मैं उठकर उस समय खिड़की से आकाश की ओर देख रहा था। चारों ओर तारे बिखरे हुए थे। चन्द्रमा मेरे सम्मुख नहीं था, किन्तु चाँदनी नजर आती थी। चाँदनी में खिड़की के बाहर लताओं पर लदे हुए फूल खूब दिखाई पड़ते थे। गुलाब की भीनी-भीनी सुगन्ध दबे-पाँव मेरे कमरे में आ रही थी। अभी दस-पाँच मिनट ही बीते होंगे कि गोले की आवाज हुई। पाँच बज गए। थोड़ी ही देर में देव भी आ गए। उन्होंने पहले झाँककर देखा, जब मुझे बैठा पाया तो भीतर आये। पूछा—"क्या स्नान अभी होगा; यदि अभी, तो क्या यहीं घर के नल पर स्नान-पात्र में, स्नानागार के गर्म-कुंड में?"

मैंने कहा, मैं यहीं स्नान कर लूँगा। कल तो मुझे शौच की आकांक्षा ही नहीं हुई थी। अब देव ने बतलाया कि पीछे की ओर वह पाखाना है। और प्रत्येक घर का अलग-अलग पाखाना है जिसमें नल लगा हुआ है। पाखान
हो लेने पर नल घुमा देने से पानी की बड़ी तेज धारा आती है जो मल
नलों के द्वारा बहा ले जाती है। पीछे यह भी मालूम हुआ कि पाख
भंगी नहीं रखे हुए हैं। भंगी तो अब कोई जाति ही नहीं है। हाँ,
जाने पर कोई आदमी, जो नलों के सुधारने पर नियुक्त है, उसे
है। सारे गाँव का मैला बड़े-बड़े नलों द्वारा दो-तीन कोस

है। वहाँ पर बड़े-बड़े गड्ढे, कलों द्वारा खोदे हुए तैयार रहते हैं। मिट्टी नीचे भी खुदी और बाकी आस-पास लगी रहती है। इधर मैला गिरता जाता है, और इधर मशीन उस पर मिट्टी फेंकती जाती है। मशीनें बिजली के जोर से चलती हैं और चलाने वाले भी दूर रहते हैं। यद्यपि मिट्टी से ढँके रहने तथा खुली हवा से मैले का सम्पर्क न होने से वहाँ दुर्गन्ध नहीं मालूम होती तो भी संचालक लोग मशीनों के बिगड़ जाने पर वहाँ जाते हैं। एक गड्ढे के भर जाने पर पहले से दूसरा गड्ढा तैयार रहता है। इसी तरह एक भरा गड्ढा चार वर्ष तक बन्द छोड़ दिया जाता है। पीछे खोदकर उसमें और कुछ रासायनिक पदार्थ मिलाकर, वह वृक्षों में खाद की भाँति उपयुक्त होता है।

मैं अपने बिस्तरे से झट उठ खड़ा हुआ। पहले शौच गया, पाखाना स्वच्छ था—वह पाखाने-सा मालूम ही नहीं होता था। अभी मैं मकान की पिछली ओर नहीं गया था। देखा, घर से दस-दस हाथ तक भूमि वैसे ही फूल, बेल-बूटे लगे हुए हैं जैसे कि सामने की ओर। 'अतिथि-विश्राम' की सम्पूर्ण श्रेणी के आगे-पीछे, एक पार्क-सी लगी यह फुलवारी बड़ी सुन्दर मालूम होती है। मैंने पीछे देखा, सभी श्रेणियों का प्रबन्ध ऐसा ही है। अपने घरों के आमने-सामने फुलवारियों को ठीक रखना, अपने-अपने घरों को स्वच्छ-शुद्ध रखना घरवालों का अपना काम है। मैं शौच से आकर स्नान के कमरे में गया। जाकर देखा, ठंडे और गर्म जल के दो नल लगे हुए हैं। सफेद दूध की भाँति चीनी मिट्टी का, पत्थरा-सा मजबूत, दो हाथ लम्बा, डेढ़ हाथ चौड़ा, दो हाथ गहरा स्नान-पात्र क्या एक कुंड ही जमीन में मढ़ा हुआ है। नल की बगल में दीवार से लगे एक स्थान पर साबुन की टिकिया तथा उससे ऊपर खूँटियों पर सफेद तौलिया और एक धुली हुई लुंगी रखी है। गर्म पानी का नल खुला हुआ है, और हौज लबालब-भरा हुआ है; तो भी पानी ऊपर से नहीं निकलता है। मैंने हाथ-पाँव धोया। विचार किया कि अब दतुवन करना चाहिए। दतुवन तो दीख नहीं पड़ी; हाँ, साबुन की टिकिया के पास में एक चाँदी की डिब्बी पर एक दाँत का ब्रुश देखा। खोलने पर डिब्बी के अन्दर सुगन्धित दाँत की लेई मिली। मैंने विचारा, मालूम होता है, अब दतुवन का

रिवाज ही नहीं रहा। पीछे विश्वामित्र ने बताया, एक ही सेबग्राम के लिए पाँच हजार दतुवन चाहिए। अब फजूल के पेड़ तो यहाँ हैं नहीं। अच्छे पेड़ों से दतुवन तोड़ी जाने लगें, तो नित्य ही एक-दो पेड़ सिर्फ एक गाँव के लिए खराब हो जाएँ। फिर भूमंडल की जनसंख्या तो डेढ़ अरब है। इसीलिए ब्रुश और मंजन का प्रबन्ध किया गया है। अनार, बादाम आदि के छिलकों को क्या हम लोग बेकार जाने देते हैं? सबसे मंजन या कोई-न-कोई और काम की वस्तु बनाई जाती है।

मैंने ब्रुश और लेई से दाँत-मुँह साफ किया और कुंड में प्रविष्ट होकर, साबुन से मल-मल कर नहाया। इस प्रकार नहा-धो, कपड़े बदलने पर, देव ने आकर एक कल घुमाई और स्नान-पात्र का सब जल निकल गया। उसी कमरे में एक ओर खिड़की के पास एक ऊँचे स्थान पर स्वच्छ आसन बिछा हुआ था। मैंने वहाँ जाकर कुछ व्यायाम किया। इसके बाद बैठने के कमरे में आया। अब सूर्य की रक्तिमा प्राची दिशा में फैली हुई थी। सूर्य-बिम्ब की एक पतली सुनहरी रेखा ही अभी दिखाई पड़ती थी। जगह-जगह पक्षियों का मधुर कलरव अब भी जारी था। हवा के झोंके सामने के फूलों को हिला रहे थे। सड़क और सामने के घरों की शोभा और स्वच्छता बिखरी हुई थी। मेरा भी चित्त अत्यन्त शान्त और प्रसन्न था।

इसी समय विश्वामित्र भी आ गए। उनके साथ पद्मावती भी थीं। मेरे कहने पर वे दोनों भी, पास ही रखी कुर्सियों पर बैठ गए। यद्यपि चेहरा छोड़, सभी का सारा शरीर ढँका हुआ था; तो भी गर्म मकान में सर्दी कहाँ थी? सहस्रों वर्णनीय बातें हैं। सबका वर्णन कैसे हो सकता है? पुरुषों और स्त्रियों की पोशाक, देखने में यही नहीं कि बड़ी सुन्दर थी, बल्कि उसमें कोई वस्तु व्यर्थ, अनुपयोगी और हानिकारक भी न थी। मैंने काम के समय तो पुरुष-स्त्रियों दोनों को, ऊनी जाँघिया, नीचे लम्बा मोजा और सारा पैर ढँके हुए एक प्रकार का जूता पहिरे हुए देखा। मैंने आश्चर्य से देखा कि वहाँ चमड़े की कोई चीज न थी। जूते भी थे एक तरह की मोटी जीन के (जो देखने में चमड़े-सी मालूम होती थी) और जिनके तल्ले दृढ़ रबर के थे। कुर्तों के नीचे एक गर्म

कोट और सबके सर पर एक ही प्रकार की टोपियाँ थीं। किन्तु मालूम होता है, यह पोशाक काम के वक्त की थी, क्योंकि रात को भोजन के समय तथा संस्थागार में वह पोशाक न थी। सबके सिर पर एक प्रकार की गोल टोपी, पैरों तक लम्बे गर्म कोट और नीचे पतलून थी।

स्त्रियों के पहरावे—जूता, मोजा, साड़ी और कुर्ती हैं। अधिक सर्दी पड़ने पर वे एक लम्बा गर्म कोट भी पहनती हैं तथा सिर पर टोपी भी लगाती हैं। स्त्री या पुरुष कोई किसी प्रकार का भी जेवर नहीं पहनता। कलाई या पाकेट की घड़ियों का भी चलन नहीं। निर्बल दृष्टि वाले जिन्हें उसकी आवश्यकता है, चश्मा भी लगाते हैं। हर एक व्यक्ति के पास एक-एक फॉन्टेन पेन और एक-एक रोजनामचा भी देखा। कल का वृत्तान्त लिखने की जब मेरी इच्छा हुई, तो मुझे भी एक बड़ा रोजनामचा और एक फॉन्टेन पेन मिली। निब प्राय: बिलकुल ही सोने की थी, शायद कड़ाई के लेहाज से कुछ इरिडियम नोक पर लगाई गई हो। क्लिप भी सोने की है। बात यह है, अब लोगों के लिए सोने का उपयोग ही क्या हो सकता है?

पौंड और मुहर तो चलते ही नहीं? न लोग आभूषण पहनते हैं, न गाड़ कर रखने ही का काम है। अत: इन्हीं सब चीजों में उसका उपयोग होता है।

विश्वामित्र और पद्मावती के आने के थोड़ी ही देर बाद इस्माइल भी अपनी साथिन प्रियंवदा के साथ आ पहुँचे और कहा, "अब सात बजने ही वाला है, आज जलपान के बाद 'शिशु-उद्यान' देखना अच्छा होगा। प्रियंवदा वहाँ की सहायक अधिष्ठात्री हैं। अभी यह, मुख्याधिष्ठात्री साथिन फातिमा को इस बात की सूचना भी दे आई हैं।" मैंने भी कहा, "बहुत अच्छा, इस समय 'शिशु-उद्यान' देखा जाए, और दोपहर के बाद चिकित्सालय।" इसी बीच गोले की आवाज आई और हम लोग भोजनागार की ओर चले।

सड़क के दोनों ओर आस-पास के मकानों की शोभा और ही थी। सब मकानों की बनावट में दृढ़ता, स्वच्छता और सुन्दरता का पूरा-पूरा ध्यान रखा गया है। पूर्ववत् ही हम लोग हाथ-मुँह धो कुर्सियों पर बैठे जलपान के लिए एक-एक जलेबी, दो-दो अंडे और एक-एक गुलाब-जामुन एक तश्तरी

में रखे थे। दूसरी तश्तरी में ताजे तथा सूखे कुछ फलों के कतरे और एक गिलास साफ जल के अतिरिक्त एक गिलास खाली भी रखा था, जिसमें पीछे से गर्म दूध दिया गया। पूर्ववत घंटी पर खाना आरम्भ हुआ। अब हम लोग—विश्वामित्र, इस्माइल, प्रियंवदा और मैं—वहाँ से शिशु-उद्यान की ओर चले। मालूम हुआ कि शिशु-उद्यान गाँव के अन्त में है।

रास्ते में पूछने पर विश्वामित्र जी ने कहा—"पान ही का नहीं, अब बहुत-सी चीजों का रिवाज उठ गया है। तम्बाकू खाना-पीना, बीड़ी सिगरेट, शराब-गाँजा, भंग-अफीम किसी का अब पता नहीं। बात यह है कि जो नशीली चीजें हैं, वे तो हैं ही वर्जनीय। उनका रोकना तो उनकी हानिकारिता के कारण ही आवश्यक था; किन्तु, जो अनावश्यक हैं उन्हें भी राष्ट्र ने बन्द कर दिया। कोई चीज एक आदमी के लिए बिना विशेष स्वास्थ्यादि हेतु के तो दी नहीं जा सकती। सबके लिए नियम एक होना चाहिए। जिस तरह आवश्यक कपड़े साल-भर में एक आदमी को मिलते हैं, सारे राष्ट्र में उसी तरह ही प्रत्येक को मिलते हैं। यदि पान का प्रबन्ध किया जाए, तो सारे राष्ट्र के लिए प्रबन्ध करना होगा। भारत में 25 करोड़ आदमी रहते हैं। आप विचार कर सकते हैं कि इतने आदमियों के पान, छाली, चूना, कत्था तैयार करने में लाखों आदमियों को लगा रहना पड़ेगा। इतनी फजूलखर्ची करना आज राष्ट्र कैसे गवारा कर सकता है? जो लाखों बीघे खेत पान, तम्बाकू पैदा करने में फँसे रहते, आज उनमें अन्य उपयोगी पदार्थ उत्पन्न किए जाते हैं।"

मैंने कहा—"तुम्हारी आज की राष्ट्रीय प्रगति ने तो सारे ही दुर्व्यसनों के लिए एक ही पर्याप्त कुल्हाड़ी ढूँढ़ निकाली है।" फिर मैंने पूछा—"अब हिन्दू, मुसलमान, पारसी, ईसाई के पृथक् भोज आदि का झगड़ा तो रहा नहीं, किन्तु मांस खानेवालों का कैसे निपटारा होता होगा?" इस पर विश्वामित्र ने कहा—"अब असली मांस मिलता ही नहीं। नकली मांस जितना चाहें उतना मौजूद है!"

"और अंडा?"

"वह तो परम सात्विक फलाहार है?"

“अब क्या यूरोप-अमेरिका में सूअर आदि नहीं पाले जाते होंगे?”

“नहीं बिल्कुल नहीं। बस्ती में यहीं न देखिए, कहीं कोई जानवर है? पहले जैसे मैंने बन्दरों के बारे में बताया था, उसी जाति-उन्मूलन प्रक्रिया से सूअर, कुत्ता, बिल्ली सबका जाति-उन्मूलन हो गया है। केवल प्राणि-विद्या के विद्यार्थियों के उपयोग के लिए कहीं-कहीं उन्हें पाल कर रखा गया है।”

“चमड़े का तुम लोगों ने तो व्यवहार छोड़ दिया, इसलिए मांस छोड़ने से उधर तकलीफ नहीं उठानी पड़ती होगी; किन्तु इतना जो दूध का खर्च है, उसके लिए गायें तो बहुत पालनी पड़ती होंगी? खैर, मारने से नहीं, तो अपनी मौत से तो उनमें से हजारों मरती होंगी? उनका चमड़ा भी क्या मशीनों की ‘बेल्ट’ के लिए लाया जाता है?”

“मशीनों की बेल्ट भी चमड़े से कहीं मजबूत कानविस की बनती हैं। चमड़े को अलग करना, सिझाना आदि बड़ा गन्दा काम था। जिससे वायु बहुत दूषित हो जाती थी। अत: वह काम भी एकदम छोड़ दिया गया। पशु के मरने पर उसे खोदकर गाड़ दिया जाता है। पीछे खाद हो जाने पर उसे व्यवहार में लाया जाता है। ऐसे बेकार तो, जहाँ तक हो सकता है, कोई भी चीज जाने नहीं पाती। हड्डियों का हम लोग पूरा उपयोग लेते हैं, गोबर आदि भी खाद के लिए उपयुक्त होते हैं।”

हम लोग बातें करते जा रहे थे। रास्ते में मिलने वाले सभी नर-नारी मेरी ओर देखते चले जाते थे। ग्राम, पहाड़ के नीचे और नदी के किनारे होने से लंबाई में अधिक है। चौड़ाई में तो पाँच सड़कें ही हैं। सड़कें अच्छी चौड़ी हैं, जिनके दोनों ओर घने वृक्ष लगे हुए हैं। प्रत्येक सड़क के दोनों ओर गृह-श्रेणियाँ हैं। प्रत्येक श्रेणी का पिछला भाग अगली श्रेणी के पिछले भाग से मिला है, अर्थात् दोनों के बाग एक ही में जुड़े हैं। इस प्रकार चौड़ाई में छ: श्रेणियाँ हैं। ग्राम की लम्बाई पूर्व-पश्चिम है। एक श्रेणी की समाप्ति पर उत्तर-दक्खिन जानेवाली एक-एक सड़क है। यदि कोई आदमी ग्रामणी-कार्यालय से चले, तो एक-एक चौराहे पर अतिथि-विश्राम श्रेणी मिलेगी। इसके बाद साधारण श्रेणियाँ हैं। तीन चौराहे पार कर चौथे पर ‘संस्थागार’ पड़ेगा, जो दो श्रेणियों

के बराबर जगह घेरता है। यहीं ग्राम-पुस्तकालय में लगा हुआ और साथ एक बड़ा हॉल है। यहाँ से आवश्यकतानुसार पुस्तकें श्रेणी-पुस्तकालयों में भी आती-जाती रहती हैं। 'संस्थागार' और भोजनागार में एक ही सड़क का अन्तर है। गाँव के नये और बड़े-बड़े सिलाई आदि के काम तो दर्जी-ग्रामों आदि से बनकर आते हैं, किन्तु फिर भी कोई बीच में मरम्मत या जल्दी के काम के लिए ग्रामणी कार्यालय के सामने सीने, रंगने, बिजली के शीशों के रखने-बदलने आदि का काम होता है। उसके उत्तर की ओर उससे ही लगा हुआ धोबीखाना है, जहाँ मशीनों के द्वारा कपड़ों की धुलाई, कलप आदि होती है। कपड़ों के सुखाने के लिए यहीं बड़े-बड़े गर्म हाल हैं। उससे एक सड़क लाँघ कर भोजन की वस्तुओं का गोदाम है। उसी से लगी मोटरों के ठहरने की जगह तथा अन्य वस्तुओं का गोदाम है। अंत में सामान मरम्मत के काम के लिए मिस्त्रीखाना है, जहाँ लोहार-बढ़ई का भी काम होता है। इन सभी जगहों पर मरम्मत का वही काम होता है, जिसकी जल्दी रहती है। नहीं तो, वे चीजें उन ग्रामों को भेज दी जाती हैं, जहाँ केवल उन्हीं का काम होता है। इस प्रकार मालूम हो सकता है कि ग्राम के सभी कार्यालय पश्चिम और उत्तर-दक्खिन की सड़क पर पड़ते हैं। संस्थागार, भोजनागार बीच में, और शिशु-उद्यान तथा चिकित्सालय ग्राम से बाहर पूर्व तरफ हैं। लम्बाई की सड़कें अधिक चौड़ी हैं तथा उन पर छायादार वृक्ष लगे हुए हैं।

इच्छा हुई, पहले शिशु-उद्यान देखूँ, पर भोजन का समय हो गया था, इसलिए भोजनागार की ओर मुड़ा। जब भोजनागार बीस गज रह गया, तभी ग्यारह का गोला दगा। सब लोग पुनः पूर्ववत् हाथ-मुँह धो भोजन के लिए बैठ गए। इस वक्त का भोजन वही था, जिसे पहले समय में लोग कच्चा भोजन कहा करते थे। रोटी, दाल, भात, मांस, साग, कढ़ी, पकौड़ी सभी चीजें परोसी गई थीं। मेरी दाहिनी ओर विश्वामित्र और बाईं ओर इस्माइल बैठे थे। हम लोग जरा पहले गए थे, इसलिए दो एक मिनट अभी देर थी। मैंने कहा, इतने में पाकशाला ही देख आयें। भोजनागार के दक्षिण तरफ पाकशाला थी। जाकर देखा, सभी चीजों को बनाने के लिए बड़े-बड़े बर्तन हैं, जिन्हें उतारने-चढ़ाने

का काम मशीनों ही से लिया जाता है। आटा गूँथना, रोटी बनाना मशीनों द्वारा ही होता है। आग का काम बिजली देती है। इतनी बड़ी पाकशाला, जिसमें पाँच हजार आदमियों का भोजन बनता है, किन्तु कहीं कालिख नहीं, धुआँ नहीं। हर-एक वस्तु के डालने और उतारने का भी समय है। आँच का भी माप है। अतः किसी वस्तु में गड़बड़ी होने की गुंजाइश नहीं। यद्यपि सभी वस्तुएँ स्वच्छ, शुद्ध ही आती हैं; तब भी भोजन के गुण-अवगुण के विशेषज्ञ जब तक किसी वस्तु के लिए अनुमति नहीं दे देते, तब तक वह नहीं बन सकती। यह पहले ही बतला चुके हैं कि असली मांस अब नहीं मिलता; किन्तु कई ऐसे पदार्थ रासायनिक योग से तैयार किए गए हैं, जिनमें स्वाद भिन्न-भिन्न मांसों का आता है और गुण भी वही। पाकशाला में पुरुष और स्त्री दोनों ही भाँति के पाचक हैं। परोसकर थालियों-कटोरियों को लकड़ी के तख्तों पर सजाया जाता है, जिनके पूरा हो जाने पर भोजनागार में बिजली ही से घुमाया जाता है। ऊपर से दो-तीन आदमी उतार-उतारकर मेजों पर रखते जाते हैं। भोजन समाप्त होने फिर पर उसी भाँति उन्हीं तख्तों पर थालियाँ और दूसरे बर्तन रख कर, धोने के कमरे में पहुँचाए जाते हैं, जहाँ गर्म जल और शोधक-पदार्थ द्वारा मशीन ही से उनको माँजा जाता है। बचा हुआ जूठा भोजन मोटर पर लादकर बाहर एक जगह गाड़ दिया जाता है, जिसकी खाद बनती है किन्तु बहुधा लोग उतना ही लेते हैं, जिसमें अधिक जूठा न छूटने पाए।

घंटी बजने से पूर्व ही, हम लोग अपने आसन पर बैठ गए थे। पीछे प्रेमपूर्वक खूब भोजन हुआ। मुँह-हाथ धोकर जब हम लोग चिकित्सालय की ओर चले, तो हमारे साथ देवमित्र भी थे। हम लोग चिकित्सालय में पहुँचे। साथिन मनोरमा तथा उनके अन्य सहायकों ने द्वार पर ही हमारा स्वागत किया। एक सहायक चिकित्सक को छोड़ कर चिकित्सालय के सभी कार्यकर्ता महिलाएँ ही थीं। सहायक चिकित्सक कोई दूसरे नहीं, मनोरमा के पति श्री रहीम बख्श थे। दोनों ही दम्पती ने तक्षशिला में चिकित्सा का पूरा अध्ययन किया था। जन्म आप लोगों का काश्मीर का है। मैंने समझा था, पाँच हजार की जब आबादी है, तो रोगी भी उसी के अनुपात में होंगे, किन्तु यहाँ बिल्कुल

50 रोगी दिखाई पड़े। मालूम हुआ कि अधिक-से-अधिक एक बार सौ तक बीमारों की संख्या पहुँची थी। कोढ़, बवासीर, उपदंश, राजयक्ष्मा, मृगी, दमा आदि रोगों का जब संसार से ही नाम उठ गया, तो वे यहाँ कहाँ से मिलें? मामूली ज्वर, सिर-दर्द, अजीर्ण, कोई चोट-फाट, यही साधारणतया रोग होते हैं। मनोरमा ने कहा—"अब चिकित्सा शास्त्र की बहुत-सी पढ़ाई सिर्फ पढ़ने ही के लिए होती है; औषधि-चिकित्सा का तो यह हाल है ही, शल्य चिकित्सा की और भी कम आवश्यकता पड़ती है; आज से दो शताब्दियों-पूर्व के चिकित्सकों को ही इसका बहुत प्रयोग करने को अवसर मिलता था; तरह-तरह की नई बीमारियाँ, राजरोग, युद्ध आदि कितने कारण थे, जो सदा उनके पास रोगियों की भीड़ लगाये रखते थे। मैं इसके लिए अफसोस नहीं करती; यदि कभी ऐसा दिन आवे, कि कोई रोग ही न हो तो कैसा अच्छा होगा? कालान्तर में चिकित्सा शास्त्र का प्रचार भी लुप्त हो जाए, तो भी कोई चिन्ता की बात नहीं; किन्तु हाँ, यदि एक ओर रोगियों की चिकित्सा का काम कम पड़ा है, तो दूसरी ओर स्वास्थ्य-विषयक अनेक नियमों के प्रचार के लिए पूरा समय मिला है। भोजन-आच्छादन, रहन-सहन सभी में स्वास्थ्यदायक और पोषक गुणों का अधिक समावेश होने का प्रयत्न करना अब चिकित्सक का आवश्यक कर्त्तव्य हो गया है।"

रहीम और मनोरमा ने चिकित्सालय के सभी स्थानों को भली प्रकार दिखाया। रोगियों के रहने, खाने-पीने के प्रबन्ध के विषय में क्या कहना है? चारों ओर स्वच्छता-ही-स्वच्छता का साम्राज्य था। रोगी-सुश्रूषक महिलाएँ रोग की आधी पीड़ा को अपने सहानुभूति पूर्ण मधुर वचन और सरस बर्ताव से दूर कर देती हैं। औषधियों का कोष बहुत भारी है। उपयोगी हथियार और यंत्र भी पर्याप्त रखे हुए हैं। चिकित्सालय की पाकशाला आदि सभी का निरीक्षण करके अब हम लोग वहाँ से विश्राम-स्थान को लौटे। मैंने विचार किया, कल और आज की बहुत बातें मुझे रोजनामचे में भी लिखनी हैं। अभी एक बजा है तब तक यह काम करूँगा। शाम को आने के लिए कहकर इस्माइल और प्रियंवदा तो चली गईं, किन्तु देव विश्राम-स्थान पर

पहुँचाकर लौटे। मैंने विश्वामित्र से रोजनामचा लिखने की बात कही। वह भी अपने कमरे में चले गए। मैं अकेला कलम निकाल कर लिखने बैठा। लिखने योग्य बातों का तो ठिकाना नहीं था, किन्तु मेरे पास समय और स्थान का संकोच था। मैंने, जहाँ तक हो सका, मुख्य-मुख्य अंशों को ही संक्षेप में लिखना निश्चित किया। कोई प्रधान बात कहीं छूट न जाए, इसलिए मैंने निश्चित किया कि दिन भर के लेखनीय विषय को रात्रि में सोने से पहले अवश्य लिख डालना चाहिए।

शिशु-संसार

दूसरे दिन हम शिशु-उद्यान की ओर चले। पहले फाटक मिला। उद्यान को आप यह न समझें कि कोई चारदिवारी या लोहे के सीकचों से घिरा बागीचा होगा। इसकी वहाँ कुछ आवश्यकता ही नहीं है। न पशु हैं, जो भीतर घुस कर नुकसान करेंगे और न कोई चीज चुराने वाला। द्वार बड़ा सुन्दर और विशाल है; इसके ऊपर दो-महला मकान है। भीतर जाते ही साथिन फातिमा—जो हमारी प्रतीक्षा कर रही थीं—मिलीं। यद्यपि आपकी अवस्था अस्सी वर्ष की है, तब भी अपने काम को जवानों की भाँति करती हैं। आप 20 वर्ष से विधवा हैं। शिक्षा समाप्त कर ब्याह करने के बाद आपके पति श्री हृषीकेश द्विवेदी यहाँ ही आकर बसे। दोनों ही दम्पती तक्षशिला के विद्यार्थी थे। पति ने चिकित्सा का काम अपने ऊपर लिया था और फातिमा दस वर्ष तक चिकित्सालय में ही रोगी-परिचर्या का कर्त्तव्य करती थीं। आपका बालकों से अगाध प्रेम था, इसलिए पीछे आप शिशु-उद्यान में चली आईं। तब से आप इन स्वर्गीय पुष्पों की सुगन्ध का आनन्द ले रही हैं। नाम से आप यह न समझ जाएँ कि फातिमा मुसलमान हैं। मैं लिख ही चुका हूँ कि धर्म अब उठ गया है।

अब हम लोग आगे बढ़े। उद्यान बहुत ही विस्तृत और दूर तक फैला हुआ था। फूलों में शायद ही ऐसा कोई छूटा हो जो वहाँ न हो। बेला, चमेली, नाना भाँति के गुलाब, चम्पा, जूही, मोगरा, कुन्द और गेंदा सभी।

उनमें से बहुत-से फूल हँस रहे थे, और बहुत से चुपचाप हरी पोशाक पहने केवल तमाशा देख रहे थे। बीच-बीच में कितने ही अनार, नारंगी, सेब, आम, जामुन, लीची, कटहल, बैर और अमरूद आदि के पेड़ भी थे। टट्टियों पर अंगूर की लता फैली हुई थी। यहीं बीच में एक बहुत भारी पीपल का वृक्ष है, जिसके नीचे लड़के गर्मियों में खेलते हैं। यद्यपि धूप निकल आई थी, किन्तु अभी घासों पर ओस पड़ी हुई थी, इसलिए लड़के उस बड़े पक्के चबूतरे पर थे, जो कि उनके शयनागार के सामने था। धूप वहाँ पहुँच चुकी थी। उनकी सुश्रुषा करनेवाली महिलाएँ, उन्हें बतला रही थीं कि आज एक बहुत वृद्ध महात्मा आनेवाले हैं। कोई-कोई बड़ा बालक—किन्तु तीन वर्ष से अधिक का नहीं, क्योंकि तीन वर्ष के बाद तो वे विद्यालय में भेज दिये जाते हैं—पूछ उठता था—"अम्मा! क्या वह महात्मा हमारी बड़ी अम्मा से भी बूढ़े हैं?" तब वह बतलाती—"मेरे कलेजे! तुम्हारी बड़ी अम्मा का तो जन्म भी न हुआ था, जब वह महात्मा तुम्हारी अम्मा से भी बूढ़े हो गए थे।"

एक शिशु—"तो किसके बराबर हैं? हमारे गाँव में किसी को बताओ।"

माता—"मेरे बच्चे! तुम्हारे गाँव में क्या, पृथ्वी भर में कोई उतना बूढ़ा नहीं।"

दूसरा—"अच्छा, इस पृथ्वी पर नहीं सही, मंगल की पृथ्वी पर तो होगा, बुध की पृथ्वी पर तो होगा?"

माता—"कोई होगा, किन्तु उसको तुमने देखा तो नहीं?"

दूसरा—"तो इसी पृथ्वी को कहाँ हमने सारा देख लिया?"

माता—"मेरे प्यारे! देख लोगे। अभी तो चलने लायक हुए हो, अभी तो बोलने लायक हुए हो। जब पृथ्वी का रास्ता, बोली-वाणी खूब सीख लोगे, तब सब देख लोगे?"

इतने में दूसरी महिला ने कहा—"अब काहे इतनी माथापच्ची करते हो विजय? देखो वह तुम्हारी बड़ी अम्मा की बाईं ओर सफेद दाढ़ी वाले वही महात्मा आ रहे हैं। देखो, अपना-अपना सितार हाथ में ले लो; आज देखना

है, बूढ़े बाबा को कौन अच्छा गाना सुनाता है? मैं भी सुनाऊँगी, जानकी अम्मा भी सुनावेगी, जैनब अम्मा भी सुनावेंगी।"

इतने में ध्रुव बोल उठा—"मैं भी सुनाऊँगी।" इस पर सब हँस पड़ीं। जानकी ने कहा—"ध्रुव! 'मैं भी सुनाऊँगी' नहीं 'मैं भी सुनाऊँगा' कहो।" ध्रुव ने जानकी के पैरों को कौली में भर मुँह को साड़ी में छिपाकर कहा—"मैं भी सुनाऊँगा।" इस पर रोहिणी ने कहा—"और अम्मा, 'मैं भी सुनाऊँगा'।" जैनब ने कहा—"लो यह दूसरी आफत आई।" रोहिणी ढाई वर्ष की लड़की थी, जैनब ने उसे गोद में ले मुँह चूम कर कहा—"मेरी बिटिया! लड़कियाँ ऐसे नहीं बोला करतीं। कह, 'मैं भी सुनाऊँगी'।"

रोहिणी ने कहा—"हूँ! ध्रुव भैया यही तो कहता था, तब जानकी अम्मा ने टोका।"

जैनब—"तू बेटी है न?"

रोहिणी—"हाँ, तेरी बेटी हूँ, जानकी अम्मा की बेटी हूँ, बड़ी अम्मा की बेटी हूँ! कमाल भैया की तो बहिन हूँ। शफी भैया भी, देख रोहिणी बहिन—रोहिणी बहिन कहता है। ध्रुव भैया भी बहिन कहता है। तो खाली बेटी कैसे हूँ, बेटी भी हूँ, बहिन भी हूँ।"

जैनब—"अच्छा बूढ़ी दाई! तुम बेटी भी हो, बहिन भी हो, लेकिन बेटा और भैया तो नहीं हो?"

रोहिणी—"हाँ! नहीं हूँ।"

जैनब—"अच्छा! तो बेटा, भैया, 'सुनाऊँगा' कहें तो ठीक, और बेटी, बहिन 'सुनाऊँगी' कहें तो ठीक। इतना ही नहीं, बूढ़े बाबा, पिता, चाचा, 'सुनाऊँगा' कहें तो ठीक और बूढ़ी अम्मा, छोटी अम्मा, बड़ी अम्मा, सब 'सुनाऊँगी' कहें तो ठीक।"

इतने में हम लोग पहुँच गए और बात यहीं समाप्त हो गई। सब माताओं ने अभिवादन के लिए पहले हाथ उठाया, जिसे देख बच्चों मे भी छोटी गाड़ियों में रखे अत्यन्त छोटे बच्चों को छोड़कर सबने हाथ उठाये।

मुझे वे बच्चे सचमुच खिले हुए स्वर्गीय फूल से जान पड़े; उनके लाल-लाल होंठ और गुलाबी गालों पर अस्फुट हँसी की रेखा थी। सबके शरीर पर एक प्रकार के गुलाबी रंग के फलालैन के कपड़े थे। सबके पैरों में छोटे-छोटे मोजे और छोटे-छोटे सुन्दर जूते थे। सिर मुलायम टोपी से ढँका था। स्वागत समाप्त होने के साथ ही मैंने देखा, बालक-बालिकाएँ सभी—जिनकी वहाँ पहचान होनी कठिन थी—अपने छोटे-छोटे तीन तार वाले खिलौने-सितार को लेकर बैठ गए। कोई मिज़राब को उल्टा पहनता और वह अँगुली में न जाती, तो पास के बड़े लड़के से कहता—

'मोहन भैया! जल्दी से अँगुली में लगा दे तो।'

मुर्तुजा ने एक बार कान के पास ले जाकर, तार को मारा तो 'दिम' सी आवाज आई, बस क्या था। उसने समझा, मैं ही बाजी मार ले जाऊँगा। तुरन्त प्रसन्नता से फूला हुआ प्रियंवदा के पास दौड़ा गया, हाथ पकड़ कर थोड़ी दूर ले जाकर बोला—

"अम्मा! जरा गोदी तो ले।"

जब गोदी चढ़ गया, तो अपने बाजे को कान के पास ले जाकर एक बार तार पर मारा, किन्तु अबकी तार हाथ से दबा था, अतः आवाज नहीं हुई। उसे बड़ा आश्चर्य हुआ, क्या उसकी आशा ही पर पानी फिर गया? तो भी कहा—"माँ! अभी नहीं न सुना; खड़ी रह, सुनाता हूँ न।" प्रियंवदा तो अभिप्राय जान गई थी। उसने तार पर से अँगुली जरा खिसका दी मुर्तुजा ने अबकी मारा, तो 'दिम' से हुआ। बड़ा खुश होकर बोला—"देख! मैं अच्छा बजाता हूँ न?" प्रियंवदा ने कहा—"हाँ बेटा! तू बड़ा अच्छा बजाता है। आज पितामह को सुना तो।"

इस पर मुर्तुजा ने पूछा—"अम्मा! पितामह कौन हैं?" इस पर प्रियंवदा ने बताया—"वही बूढ़े-बूढ़े सफेद दाढ़ीवाले।" अब मुर्तुजा ने बात चालाकी की कही—"माँ! अब चुप-से बैठ जाता हूँ, नहीं तो विजय भैया कहेगा—अम्मा से सीख आया है।" यह कह मुर्तुजा जाकर एक जगह बैठकर खूब अलाप लेने-जैसी शकल करके कुछ गुनगुनाते सितार छेड़ने लगा। देखा-देखी और

कई बच्चों ने भी ऐसा ही करना आरम्भ किया।

मैं गाड़ियों पर बैठे बच्चों की ओर देखने लगा। कोई पास में खड़ी माता की अँगुली पी रहा है, कोई 'आगूँ'-'आगूँ' कर रहा है। कोई हँस कर अपनी नई सम्पत्ति दोनों अगली दँतुलियों को दिखा रहा है। सभी बच्चे हृष्ट-पुष्ट और स्वस्थ थे। कोई दुबला, कुरूप और रोंदू न था। मैं एक छह-सात मास के बच्चे के पास गया, मेरे हाथ बढ़ाते ही वह हाथ बढ़ा कर मेरी ओर आने की इच्छा प्रकट करने लगा। फिर क्या था, उसको मेरी गोद में देख बहुत-से बारी-बारी से गोद में चढ़े। सभी लड़कों की संख्या डेढ़ सौ की थी। देर होते देख मुर्तुजा ने अबकी प्रियंवदा के पास जाकर कहा—"माँ! अब सुनाऊँ न—अब क्या देरी है?" इस पर प्रियंवदा ने कहा—"हाँ! रह जा; अभी बुलाकर पितामह को बैठाती हूँ, तब सुनाना।" सबको देखने के बाद फातिमा ने बैठने के लिए कहा। लड़कों ही में हमारे बैठने के लिए फर्श पर थोड़ी जगह मिली। हमारे बैठते ही सब बालक और करीब-करीब हो गए। शिशु-उद्यान में सब मिलकर तीस माताएँ हैं। सभी अपनी-अपनी गोद में तथा आस-पास बच्चों को लिए बैठ गईं। डेढ़ वर्ष के ऊपर वाले लड़कों ने हाथ में सितार लिया था, और छोटों में से किसी ने बिल्ली, किसी ने कुत्ता, किसी ने खरगोश, किसी ने सीटी, किसी ने गुड़िया, किसी ने लकड़ी के अक्षरों के कटे अंश, किसी ने कोई खिलौना। अब बड़ी अम्मा बोलीं—

"बच्चे साथियों! हमारे सबके पितामह यहाँ अपने बच्चों को देखने आए हैं। अब उन्हें सब लोग अपना-अपना गुण दिखाओ। पितामह बाबा बहुत दिन पर आए हैं। पहले जानकी अम्मा भजन सुनावेंगी, तब जैनब अम्मा सुनावेंगी, तब देखो कौन सुनावेगा?" विजय झट-से बोल उठा—"मैं।" मुर्तुजा पहले से हँस रहा था, किन्तु धोखे से पहले न बोल सका, तो भी जल्दी-जल्दी उसने कह डाला 'मैं'। जानकी ने हाथ में वीणा ले गीत गाया।

गाने का कहना ही क्या था? यद्यपि भाषा बालकों की थी, भाव भी बालकों का था, किन्तु स्वर, लय, तान सबसे निराला था। बीच-बीच में मैं देखता था, कई एक बच्चे बड़े ध्यान से सितार को हाथ से छेड़ते हुए गुनगुनाते हुए तन्मय

थे। अब जैनब ने वीणा को हाथ में लिया। विजय—उसका शागिर्द—पास बैठा था। ऐसी भी वह सावधान ही बैठा था, किन्तु अब विशेष तौर से एक बार खड़ा हो आलथी-पालथी मार ठीक जैनब की तरह उसकी दाहिनी ओर बैठ गया। जैनब ने मीठे स्वर में एक गीत सुनाया।

गीत समाप्त होते ही ज्यों ही जैनब ने वीणा अलग रखी, विजय गोद में जा बैठा और धीरे से कान में बोला—"माँ, वही उस दिन वाला गीत न सुनाऊँ?" जैनब ने कहा—"कौन-सा?" इस पर विजय ने कुछ फुसफुसाया। जैनब ने कहा—"हाँ बेटा, हाँ वही।" अब विजय धीरे से मेरे पास आया, और बोला—"पितामह! अब एक गीत मैं सुनाऊँगा।" मुर्तुजा ने कहा—"नहीं पितामह! पहले मैं सुनाऊँगा, तब विजय भैया सुनावेगा।" विजय ने कहा "नहीं पहले मैंने कहा था, पहले मैं सुनाऊँगा।" मुर्तुजा ने फिर अपना पहला आग्रह दुहराया। अब बड़ी अम्मा ने झगड़े का जल्दी निपटारा होते न देख, कहा—"अच्छा, दोनों भाई मेरे पास आओ।" दोनों दौड़कर फातिमा की गोद में चले गए। तब फातिमा ने विजय से पूछा—"उस दिन, विजय, जब तुम और शफी मेरे पास थे, मैं सेब का टुकड़ा तुझे जब देने लगी, तो तुमने क्यों लेने से इनकार किया?" विजय को अम्मा के हाथ के फल से इनकार का शब्द कड़ा मालूम हुआ। झट गले लिपट कर कहने लगा—"अम्मा! तू तो यों ही कहती है; इनकार थोड़े ही किया? यही तो कहा था कि पहले शफी को दे, तो फिर मुझे दे।" फातिमा ने पूछा—"अच्छा, ऐसा ही क्यों कहा?"

विजय ने कहा—"तेने ही नहीं बताया था, कि पहले छोटे भाई को देकर तब अपने खाओ। शफी छोटा भैया है, मैं बड़ा भैया हूँ, तो पहले कैसे खा जाता? प्रह्लाद भैया, इब्राहीम भैया, जमशेद भैया, जब विद्यालय नहीं गए थे, तब मेरे या श्याम भैया के बिना खाये कहाँ खाते थे?"

फातिमा ने कहा—"हाँ! मेरे लाल! ठीक तो कहता है। अच्छा तो मुर्तुजा छोटा भैया है, या बड़ा भैया?"

विजय—"छोटा भैया।"

फातिमा—"तो फिर उसकी बात पहले हो कि तुम्हारी?" विजय को अपनी गलती समझ में आ गई। उसने हँसते हुए कहा—"हाँ! मुर्तुजा पहले तू गा, तब मैं गाऊँगा।" बड़े भैया छोटे भैया की बात होते देख, अब मुर्तुजा के मन ने भी पलटा खाया। उसने कहा—"विजय भैया बड़ा भैया है, पहले यह गा लेगा, तब मैं गाऊँगा।" विजय ने कहा—"मुर्तुजा छोटा भैया है, पहले वह गाएगा, तब मैं गाऊँगा।" अब एक दूसरा अड़ंगा खड़ा देख, बड़ी अम्मा ने कहा—"मुर्तुजा! बड़े भैया की बात छोटे भैया को माननी चाहिए न?"

मुर्तुजा—"हाँ, अम्मा! माननी चाहिए।"

फातिमा—"तब जैसा विजय भैया कहता है, वैसा करो।" अब मुर्तुजा दौड़कर प्रियंवदा के पास गया। और बोला—"अम्मा! मेरे तारों को ठीक तो कर दे।" प्रियंवदा ने लेकर जरा तार को इधर-उधर खींच दिया। अब मुर्तुजा दाहिने पैर से पालथी मार औंर बाएँ के सहारे सितार को हाथ में पकड़े, ऐसे बन बैठा; मानो तानसेन ही उतर आया हो। थोड़ी देर खींचने-खाँचने के बाद बोला—"अभी गीत मैंने नहीं सीखा है, खाली बाजा सुनाऊँगा।" मैंने और विश्वामित्र ने कहा—"हाँ! बाजा ही सुनाइए।" अब मुर्तुजा ने एक बार अँगुली तार पर मारी, किन्तु वह तार तक न पहुँचकर पहले ही रुक गई। बगल वाले लड़के हँसना ही चाहते थे कि उसने फिर एक बार खूब साधकर अँगुली मारी और अब 'दिम'-सी आवाज आई। प्रियंवदा, फातिमा, मैंने और सभी ने इस पर शाबाशी दी। मुर्तुजा बहुत प्रसन्न हुआ और बोला—"अच्छा, अब विजय भैया का गीत हो।" विजय जो अब तक बड़ी अम्मा के पास बैठा था, उठकर जैनब के पास जाकर बोला—"माँ! तू जरा बजा, तो मैं गाऊँ।" विजय ने एक-दो गीत खूब मेहनत से याद किए थे। वह बहुधा जैनब की गोद में बैठकर उसके सितार बजाने पर गाया करता था। इसीलिए अबकी बार फिर उसने बजाने को कहा। जैनब के दानादिर करते ही विजय ने अपना गाना आरम्भ किया....

शिशु के मधुर स्वर और अकृत्रिम कंठ से निकले सरल गान ने प्राणों

को प्रफुल्लित कर दिया। बारी-बारी से दो-चार और गवैयों ने अपने करतब दिखलाये। इसके बाद अक्षर के खिलाड़ियों का नम्बर आया। मरियम और रुक्मिणी सबसे पहले आईं। प्रियंवदा ने लकड़ी के अक्षरों के बक्स को हाथ में लेकर उसमें से एक नीचे रख कर कहा—बूझो यह क्या है? रुक्मिणी के अभाग्य से उसकी ओर अक्षर की ऊपरी लकीर पड़ी थी, जिससे जब तक वह विचार करे तब तक मरियम ने बोल दिया—'क'। अब क्या, मरियम के आनन्द की कोई सीमा न थी। प्रियंवदा ने कहा—बेटी रुक्मिणी, कोई परवाह नहीं, आओ तुम दोनों एक सीध में पाँत से खड़ी होकर अबकी बूझो। अबकी प्रियंवदा ने फिर एक अक्षर फेंका। गिरते के साथ दोनों ने एक साथ 'र' कहा। बड़ी अम्मा ने दोनों को गले लगाया। अब बड़ी अम्मा सबके कुत्ते, बिल्ली, बत्तक, गुड़िया आदि खिलौनों को लेकर पाँती से रखकर कहने लगीं—प्रियव्रत! खरगोश ले आओ तो। प्रियव्रत ने झट खरगोश उठाकर हाथ में दे दिया। ऐसे ही वह एक-एक जानवर का नाम लेती जाती और बच्चे ला-लाकर देते जाते थे।

इसके बाद सारा समाज वहाँ से उठ खड़ा हुआ। अत्यन्त छोटे बच्चे भी इस तमाशे में शामिल थे। माताएँ गोद में उन्हें लिए थीं। फूलों के पास जाकर इसकी परीक्षा ली गई कि कौन कितने फल-फूलों का नाम जानता तथा पहचानता है। वहाँ मौलसरी की डालियों में बहुत से पालने लटक रहे थे; जिनके बारे में बताया गया कि छोटे-छोटे बच्चे इन्हीं पर सोते और झूलते रहते हैं। पालनों के गद्दे बहुत ही मुलायम थे। एक कल सब झूलनों को धीरे-धीरे झुलाती रहती थी। हम लोग यह देख ही रहे थे कि इसी समय नौ का घंटा बजा। आज हरी घास पर भोजन का प्रबन्ध था। इसी समय बाहर से और भी बहुत-सी स्त्रियाँ आती दीख पड़ीं। ये लड़कों की जननियाँ थीं। वस्तुतः यहाँ 'माता' शब्द से उन सभी महिलाओं को ग्रहण किया जाता है, जो बालक की रक्षा, शिक्षा-दीक्षा का प्रबन्ध करती हैं। सब प्रकार की अनुकूलता देख, छोटे-छोटे बच्चों को भी जननियाँ, प्रायः शिशु-उद्यान ही में रख आती हैं। रात्रि में वर्ष दिन तक के बच्चों को जननी अपने पास रखती हैं, दिन में

नवजात शिशुओं वाली माताएँ यदि काम करती हैं...तो ग्राम ही में, सो भी दो घंटे बाकी समय शिशु-उद्यान ही में बालकों का मन-बहलाव करती हैं। शिशु-उद्यान ग्रामवासियों का क्रीड़ोद्यान है, जहाँ के पुष्पों और मनोरंजन की और सामग्रियों में कोमल शिशु भी शामिल हैं। उनके मधुर-आलाप के सुनने, उनके मनमोहक खेलों को देखने की इच्छा से कितने ही नर-नारी अपने अवकाश के समय को वहाँ व्यतीत करते हैं।

आज के राष्ट्र का ध्येय तो यद्यपि मनुष्य-मात्र के जीवन को आनन्दमय बनाना है, और ऐसा करने में उसे अच्छी सफलता भी हुई है; किन्तु बालकों के लिए प्रस्तुत की गई सुख की सामग्रियाँ तो पुराने सम्राटों के राजकुमारों को भी शायद नसीब न थीं। साधारणतया बालकों को थोड़ा-थोड़ा दिन-रात में तीन-तीन घंटे पर सात बार जलपान और भोजन कराया जाता है। पहला कलेवा उनका 6 बजे होता है, जबकि दूध के साथ ऋतु के उपयोगी कुछ मिष्ठान दिये जाते हैं। इस वक्त नौ बजे के लिए खीर, कुछ फल, ऐसे ही पदार्थ थे। बारह बजे, भात-दाल, रोटी-तरकारी का प्रबन्ध रहता है। 3 बजे फिर फल, दूध। 6 बजे भी कुछ फल। 9 बजे नमकीन और मीठी चीजों के साथ कुछ दूध भी और बारह बजे रात को फिर दूध और कुछ फल। भोजन का सिलसिला तीन-तीन घंटे पर बराबर रहता है। परन्तु तीन समय—प्रातः, मध्याह्न और रात्रि के नौ बजे—छोड़कर, पेट-भर नहीं खिलाया जाता। खाना हजम होने के लिए लड़के दौड़-धूप किया करते हैं। आँख-मिचौनी आदि पुराने खेल-कूद भी खेले जाते हैं। छोटे-छोटे फुटबालों को लेकर लड़के खूब खेलते हैं। हरी-हरी दूब पर इन छोटे-छोटे जवानों की कबड्डी भी बड़ी भली मालूम होती है। बाग में एक अखाड़ा भी इनके लोट-पोट और पहलवानी के लिए है। सारांश यह कि भोजन, वस्त्र, शिक्षा और शारीरिक श्रम सभी पर पर्याप्त ध्यान दिया जाता है। हाँ! जो माताएँ मैंने आते देखी थीं, उन्होंने अपने नवजात शिशुओं को दूध पिलाना शुरू किया, और कितनी ही लड़कों के पास खिलाने बैठ गईं। खाना खा सकने वाले लड़कों की माताएँ अपने-पराये सभी बच्चों को साथ में लेकर समान भाव से खिलाने लगती हैं। वास्तव में इस समय

के नर-नारियों के हृदय से संकीर्णता निकल गई है। उनके हृदय विशाल हैं।

जन्म देनेवाली माताओं ही के लिए नहीं, उन माताओं के लिए भी जो कि उद्यान में बालकों की रात-दिन सेवा-सुश्रुषा करती हैं, यह बहुत भारी मानसिक क्लेश की बात है, कि तीन वर्ष के बाद लड़के दूर-दूर के बड़े-बड़े विद्यालय में भेज दिये जाते हैं। किन्तु राष्ट्र के कल्याण के लिए और उन अपने बालकों के हित के लिए वे सब सहन करती हैं।

भोजन के समाप्त होने पर अब हम लोग कोठे पर के वस्तु संग्रहालय की ओर चले। कुछ बालक तो स्वयं छोटी-छोटी सीढ़ियों द्वारा चढ़ आए और कुछ को माताओं ने ऊपर पहुँचाया। विजय सभी बालकों में होशियार था। उसका शरीर भी हृष्ट-पुष्ट था। वह जैनब की अँगुली पकड़े हमारे साथ-साथ था।

संग्रहालय में घुसते ही देखा, नीचे तरह-तरह के जीव-जन्तु, अन्न आदि वस्तुएँ रखी गई हैं। धनुष, बाण, फरसा, गँड़ासा, लाठी, बन्दूक, तमंचा, भाला, कवच और खोद दीवारों में टँगे हैं। छोटी-छोटी तोपें भी रखी हैं। दीवारों के ऊपर मनुष्य-जाति के बड़े-बड़े नेताओं की जीवन-घटनाओं सम्बन्धी बड़े-बड़े चित्र हैं। कहीं सुकरात प्रसन्नतापूर्वक विष के प्याले का पान कर रहे हैं। कहीं बुद्ध रक्त के प्यासे 'अंगुलिमाल' के प्रहार का कुछ भी ख्याल न करके प्रसन्न बदन खड़े हैं। कहीं गांधी सड़क पर कंकड़ कूट रहे हैं। कहीं इब्राहम लिंकन विपत्तियों की धमकी का कुछ भी ख्याल न करके मनुष्यों की दासता हटाने के लिए बलिदान हो रहे हैं। कहीं जोन स्वतंत्रता के लिए निछावर हो रही हैं। कहीं अशोक युद्ध के बाद साम्राज्य से विरक्त हो रहे हैं। इसी तरह अनेक प्रकार के चित्र हैं।

मुझसे यह भी कहा गया कि बालकों को बोलते फिल्मों द्वारा भी बहुत-सी ऐतिहासिक तथा वैज्ञानिक बातों का ज्ञान कराया जाता है। ग्रहों का भ्रमण, रात-दिन का होना, चन्द्रमा का घटना-बढ़ना भी उसके द्वारा दिखाया जाता है। बालकों को ये सारी शिक्षायें मनोरंजन और खेल के रूप में ही मिल जाती हैं। दूसरों का काम जिज्ञासा उत्पन्न करने की सामग्री एकत्रित कर देना है। जब जिज्ञासा उत्पन्न हो जाती है, तो बालक अपनी जिज्ञासा-पूर्ति

के लिए सब कुछ सहन करने को तैयार हो जाता है। तब हर एक बात उसे जल्दी स्मरण तथा हृदयंगम भी होती जाती है। उस समय ज्ञान को घोल कर पिलाने या ठूँसने की आवश्यकता नहीं होती। मैंने वस्तुओं को देखते समय बीच-बीच में कभी-कभी किसी लड़के से किसी वस्तु का नाम पूछा, या नाम बोल कर वस्तु दिखाने को कहा, तो बालक बड़ी प्रसन्नतापूर्वक सन्तोषजनक उत्तर देते थे। फातिमा ने बताया—"लड़के स्वयं अँगुली पकड़कर माताओं को खींच लाते हैं। कभी किसी वस्तु का नाम पूछते हैं, कभी किसी चित्र को देखकर चित्रित घटना की कथा सुनने बैठ जाते हैं। कहनेवाले से अधिक उन्हें देखने-सुनने में आनन्द होता है। इसी समय यदि कभी भोजन का समय आ जाता है, तो बड़ी अरुचिपूर्वक वहाँ से भोजन करने उठते हैं। यद्यपि तीन वर्ष तक उनको कोई पुस्तक पढ़ने को नहीं दी जाती, न लिखाया ही जाता है, किन्तु ज्ञान के साथ-साथ, उन्हें बहुत-सी संख्या तथा अक्षरों और अंकों का बोध स्वयं ही खेलते-खेलते हो जाता है। ध्रुव, सप्तर्षि आदि कई तारों को वह पहचानने लगते हैं। वस्तुओं की संज्ञा का कोष उनका बड़ा हो जाता है। माता, पिता, अभिभावक और आस-पास के वायुमण्डल को भी शुद्ध भाषा का प्रयोग करते देख उनकी भाषा बहुत शुद्ध होती है।"

जब वहाँ से देख कर हम लोग उतरे, तो बालकों के शयनागार की ओर चलने के लिए कहा गया। जाकर देखा—छोटे-छोटे बालकों के लिए जगह-जगह झूलने टँगे हुए हैं। बालकों के सोने के लिए पलंग पर अच्छे-अच्छे मुलायम गद्दे बिछे हुए हैं। सर्दी में कमरे को गर्म करने का पूरा प्रबन्ध है। रात्रि में बालक बहुत कम यहाँ रह जाते हैं। अधिकतर अपनी जननियों ही के पास सोते हैं। कुछ जो रहते हैं, वह अपनी उद्यान की माताओं की गोद में सो जाते हैं। शयनागार की बगल में भोजनागार हैं। बगल में पाकशाला है, जहाँ बालकों के लिए ताजा-ताजा भोजन बनता रहता है। अब ग्यारह का समय नजदीक आ रहा था, अतः उद्यान का और अवलोकन करना न हो सका। दूर से छोटी-छोटी छतरियों के नीचे कुछ मूर्तियाँ-सी दिखाई पड़ीं। पूछने पर मालूम हुआ कि वहाँ बालकों के इष्ट-देव ऐतिहासिक महापुरुषों की संगमरमर

की मूर्तियाँ हैं, जहाँ पहुँचते ही बालक 'कथा', 'कथा' की धुन लगा देते हैं। बिना उस महापुरुषों की एक-दो जीवन-घटना सुने चैन नहीं लेने देते।

जानकी ने घड़ी देखकर बतलाया कि अब ग्यारह में पाँच मिनट बाकी है। हम लोग उद्यान-परिवार से विदा हुए।

उस दिन उतना ही देखना था। दूसरे दिन अब यहाँ से नालन्दा को प्रस्थान करना था। विश्राम-घर लौट आने पर विश्वामित्र के साथ यात्रा के समय तथा मार्ग आदि पर विचार हुआ। विश्वामित्र ने पूछा—"क्या यहीं से सीधे नालन्दा चलना होगा?"

"सीधे तो चलना होगा, किन्तु सीधे इसी अर्थ में कि रेल में चढ़कर फिर बीच में उतरना नहीं।"

"रेल से चलने में समय कुछ अधिक लगेगा; यदि विमान से चलना हो, तो आध घंटे का रास्ता है।"

"इतनी जल्दी चलना भी अभीष्ट नहीं है। रेल से चलो, तिसमें भी जो ट्रेन सभी स्थानों पर खड़ी होती जाए। उससे और जाना भी उस लाइन से चाहिए जिसके द्वारा मैं आया-गया हूँ, क्योंकि मैं रास्ते के आस-पास की बस्तियों के परिवर्तन आदि को देख सकूँगा। अब इधर जल्दी तो आना नहीं है, इसलिए मेरी सलाह है कि यहाँ से रक्सौल, सुगौली, मोतीहारी, मुजफ्फरपुर, पटना और बख्तियारपुर होते नालन्दा चलें, किन्तु रास्ते में कहीं विश्राम नहीं लेना है—केवल जहाँ गाड़ी बदले, वहाँ बदलने भर को उतरना है।"

"गाड़ी भी पटना ही बदलेगी। बख्तियारपुर जाने का काम नहीं, पटना से सीधी नालन्दा को लाइन गई है। रेलवे लाइनों में भी बड़ा परिवर्तन हुआ है। अब भारत में क्या, पृथ्वी-भर की लाइनें एक-सी ही चौड़ी हैं। वह चौड़ाई आपके समय ई.आई. रेलवे से कुछ कम की है। इसलिए अब बी.एन.डब्ल्यू. रेलवे की छोटी लाइन और बख्तियारपुर बिहारवाला 'रेल का बच्चा' नहीं मिलेगा।"

"विश्वामित्र! 'रेल का बच्चा' तुमने कैसे जाना?"

"किताबों में देखने से।"

"किन्तु, इसके सम्बन्ध की कथा तुमको न मालूम होगी; सुनो! तुम

तो इतिहास के पंडित ही हो। उस समय के लोगों में मूर्खता बहुत थी। कितने गाँवों में कोई चिट्ठी आने पर दूसरे गाँव में बँचवाने को जाना पड़ता था। जब मर्द ही अक्षर-शून्य थे, तो स्त्रियों के लिए क्या पूछना? कोई देहाती आदमी बख्तियारपुर की उस समय की बड़ी लाइन की गाड़ी पर सवार था। उसने स्टेशन की दूसरी ओर छोटे-छोटे रेल के डब्बे देखे, जो उसकी गाड़ी के सम्मुख वैसे ही थे, जैसे बाप के सामने उसका छोटा बच्चा। उसने ऐसी छोटी रेलगाड़ी अब तक न देखी थी। अपने पास के किसी आदमी से पूछा, जो स्वयं भी निरक्षर—किन्तु तर्क-कुशल—था, कि यह क्या है? उसने कहा—'रेल का बच्चा।' पहले ने पूछा—'क्या रेल भी बच्चा देती है?' उसने कहा—'देख ही रहे हो; हाथी का बच्चा हाथी नहीं देखा है?' उसने कहा—'हाँ, सच कहते हो, बिलकुल शकल-सूरत भी मिलती है; खाली छुटाई-बड़ाई ही का तो फर्क है। अच्छा, तो बेचारा 'रेल का बच्चा' भी गया, उसके बोलने वाले भी। पटना तक जब गाड़ी नहीं बदलेगी तब तो गंगा में पुल बँध गया होगा।"

"1950 ही में।"

"अच्छा तो कल किस समय चलना चाहिए?"

"कल साथी इस्माइल से बात हुई थी। कहते थे कि मोहनपुर स्टेशन पर चढ़ना है। वहाँ वाले भी बहुत उत्सुक हैं। उनका आग्रह तो एक रात आतिथ्य करने का था, किन्तु आपकी दूसरी इच्छा देखकर उसमें बाधा नहीं डालना चाहते। कल जलपान के बाद यहाँ वालों की अन्तिम फूल-माला लेकर आठ बजे चलना चाहिए। साढ़े आठ बजे वहाँ पहुँच जाएँगे। ग्यारह बजे मध्याह्न भोजन करके वहाँ से बारह बजे रेल पर सवार होना चाहिए।"

"ठीक है, यही प्रबन्ध करो।"

विश्वामित्र ने, इन बातों को इस्माइल से कहा और इसकी सूचना उसी दिन मोहनपुर तथा बीच के स्टेशनों एवं नालन्दा को भेज दी गई। रेल का समय देखकर ज्ञात हुआ कि गाड़ी सवारी-गाड़ी है, जो सब जगह ठहरती जाती है। हम लोग इस तरह चलकर परसों सबेरे साढ़े छः बजे नालन्दा पहुँच जाएँगे।

रेल की यात्रा

आज जलपान के पहले मेरे निवास-स्थान पर प्रियंवदा और इस्माइल के अतिरिक्त देवमित्र, आचार्य विश्वामित्र आदि अनेक व्यक्ति आ गए थे। हम लोग साथ ही भोजनागार को गए। संस्थागार में गाँव की ओर से फूल-माला देकर मेरी विदाई का प्रबन्ध हुआ था। जलपान के बाद हम लोग संस्थागार में पहुँचे। वहाँ सब लोगों की ओर से देवमित्र जी ने मेरे लिए प्रेमोद्गार प्रकट किये। साथ ही मुझे अष्टधातु के पत्र पर स्वर्णाक्षरों में मुद्रित एक काव्यमय अभिनन्दन पत्र दिया गया। कवयित्री वही प्रियंवदा थीं। मैंने उत्तर में ग्रामवासियों के अकृत्रिम प्रेम के प्रति अपनी कृतज्ञता तथा सन्तोष प्रकट किया।

अब सबके अभिवादन और प्रेममयी दृष्टि से आप्लावित हो, सेबग्राम से मैं और विश्वामित्र विदा हुए। साथ में हमारी मोटर पर इस्माइल-दम्पती, तथा देवमित्र भी चले। हमारे चलने की सूचना फोन द्वारा मोहनपुर पहुँच गई थी।

गाँव के बाहर ग्रामणी तथा अन्य सभ्य स्त्री-पुरुषों ने पहले हमारा स्वागत किया और कहा, सब ग्रामवासी संस्थागार में प्रतीक्षा कर रहे हैं। हम लोग मोटर से बिना उतरे, सीधे संस्थागार में पहुँचे। मकानों की सुन्दरता और ढंग बिल्कुल सेबग्राम ही-सा था, बल्कि देखनेवाले को एक ही ग्राम की भ्रान्ति हो सकती थी। विश्वामित्र ने बतलाया, स्थान के संकोच, जनसंख्या की कमीबेशी से गाँव की लम्बाई-चौड़ाई में भले ही फर्क पड़ सकता है,

किन्तु श्रेणियाँ, सड़कें, संस्थागार आदि, सबके नक्शे देश के सभी ग्रामों में एक-से होते हैं। जलवायु की विशेषता से भी कुछ आवश्यक परिवर्तन रखा जाता है।

मोहनपुर के विषय में मालूम हुआ, यहाँ की जनसंख्या सेबग्राम के ही बराबर है। यहाँ बर्फ बनाने का एक कारखाना है और दूसरा व्यवसाय आस-पास के 14-15 फलवाले गाँवों के फलों को भिन्न-भिन्न जगहों पर चालान करना है। इस पर्वत के फल लंका और बर्मा तक जाते हैं। इतनी दूर तक जाने में कोई भी फर्क न पड़े, इसलिए उनके रखने की गाड़ियों में चारों ओर बर्फ रक्खी रहती है। फलों को ढोनेवाली मोटरों पर फल रखने के लोहे के जालीदार बड़े-बड़े बर्तन रहते हैं। एक मोटर पर ऐसा एक ही बर्तन रहता है। फलों के बोझ से नीचेवाले फलों को बचाने के लिए बीच-बीच में दूसरी जाली रहती है। मोटरगाड़ी के स्टेशन पर पहुँचते ही, उठाने की कल-द्वारा सारा बर्तन ही उठाकर रेल के डब्बे में रख दिया जाता है। रेल का डब्बा ऐसे नाप का बना होता है, कि पाँच मोटरों के माल उसमें बिल्कुल ठीक अँट जाते हैं। फलों की गिनती देना बगीचे वालों का काम है। इस प्रकार कोलम्बो (लंका) के लिए जानेवाला सेब एक ही गाड़ी में मोहनपुर से वहाँ पहुँच जाता है।

मोटर से उतरकर संस्थागार के रंगमंच पर पहुँचने पर, मोहनपुर के नर-नारियों ने वैसा ही हार्दिक स्वागत किया, जैसे कि सेबग्राम वालों ने किया था। वहाँ के ग्रामणी ने भी मेरे विषय में अपने सद्भाव ग्रामवासियों की ओर से प्रकट किये। मैंने भी इसके लिए कृतज्ञता प्रकट की। इसके बाद फूल-माला दी गई। पीछे सबने भोजन का समय हो जाने से, भोजनागार में जाकर भोजन किया। सब जगह प्रेम और आनन्द का स्रोत उमड़ रहा था। समय न होने से यहाँ के और स्थानों को तो नहीं देख सका। संस्थागार और भोजनागार बिलकुल वैसे ही थे, जैसे कि सेबग्राम के। पूछने से पता लगा कि शिशु-उद्यान, चिकित्सालय भी वैसे ही हैं। द्वार भी नदी की ओर है और चिकित्सालय से थोड़ा हटकर बर्फ का कारखाना है। ये बातें स्टेशन को चलते समय मुझसे

कही गई थीं। मैंने बार-बार उधर इस ख्याल से देखा कि कारखाने की चिमनी तो दिखाई देगी; किन्तु मुझे यह स्मरण नहीं था कि काम तो बिजली से होता है, फिर चिमनी का क्या प्रयोजन—धुआँ-धक्कड़ का क्या काम?

स्टेशन पर पहुँचें। पहले से ही मालूम था कि गाड़ी के आने में दो मिनट की देरी है। अत: हम लोग थोड़ी देर अतिथि-विश्राम में बैठ गए थे; क्योंकि विश्वामित्र ने बतलाया था कि अब न स्टेशनों पर पान-बीड़ी-सिगरेट और न मिठाइयों की दुकान, न 'कुली चाहिए, कुली चाहिए' का तूफान, न मुसाफिरखानों की 'भेड़िया-धसान', और न भूखे-भिखमंगों का 'जय जजमान' है।

मैंने पूछा—खैर और न सही, किन्तु मुसाफिरखानों के बिना तो मुसाफिरों को अवश्य तकलीफ होती होगी? इस पर विश्वामित्र ने बताया तकलीफ काहे की? खामखाह तो कोई उतरता नहीं। जो जहाँ जाना होता है, वहीं तो उतरना है। गट्ठर, बिस्तरे का तो कोई बखेड़ा है ही नहीं। अभीष्ट ग्राम समीप रहा, तो अतिथि-विश्राम में पैदल ही चलकर पहुँच गए। नहीं तो फोन में दो अक्षर बोलने पर तो मोटर आती है।

आखिर गाड़ी भी आ गई। आज पूरी दो शताब्दियों बाद रेल की सूरत देखी। लाइन तो बड़ी लाइन सी थी; डब्बे भी बहुत अच्छे, सुन्दर रँगे हुए थे। नई बात यह मालूम हुई कि इंजन चिन्हाई ही नहीं पड़ता था। न धुएँ का फक्-फक्, न काली माई के रहने का औंधा हौदा। इंजन के आगे का आकार हवा के धक्के को कम करने के लिए नोकदार बना है, इंजन की दूसरी पुरानी विशेषताएँ नहीं हैं। यह सब काया-पलट बिजली के कारण हुई है। अब कोयला-पानी से भाप बनाने की तो आवश्यकता है नहीं। बिजली भीतर भरी रहती है। कुछ तो कोष बाहर से लाकर रखा जाता है, और कुछ खुद रेल के पहियों से उत्पन्न बिजली के संचय करने से हस्तगत कर लिया जाता है। आज-कल की दुनिया अस्त्र-शास्त्र के तत्त्वों पर बहस करने में, जहाँ बाल की खाल उतारती है, वहाँ श्रम एवं वस्तु को जरा भी फजूल नहीं जाने देती। मजाल क्या कि एक टुकड़ा सड़ा-गला लोहा, एक जरा-सा शीशी का

फूटा टुकड़ा, एक मामूली चीथड़ा, एक रद्दी कागज की चिट व्यर्थ फेंक दी जाए। सभी चीजें गाँव के गोदाम में जमा होती रहती हैं, पीछे वहाँ से उनके उपयोग करनेवाले कारखानों में भेज दी जाती हैं। हाँ, तो रेल में बाहर से नाम-मात्र ही बिजली लेनी पड़ती है, और पहियों द्वारा उत्पन्न बिजली से ही पंखा चलाना, गाड़ी चलाना, रोशनी करना, भोजन की गाड़ी में रसोई बनाना, कमरे गर्म रखना, नहाने का पानी गर्म करना इत्यादि सब काम होते हैं। स्टेशन पर भी, न टिकटों की है-है पट-पट, न पुलिस की फटकार। पुलिस के बारे में तो इतना ही ज्ञात हुआ है कि ग्राम सभा के चुनाव के साथ कुछ लोग इस कार्य के लिए चुन लिए जाते हैं। चोरी आदि का तो डर ही नहीं है। ऐसे तो शिक्षित-समाज अकारण मार-पीट आदि पर उतर नहीं आता, किन्तु यदि कुछ हुआ, या किसी अपराधी को पकड़ना, ले जाना हुआ, तो उस वक्त यह काम उन्हीं को करना पड़ता है। वस्तुतः उन्हें पुलिस न कहना चाहिए। इनके लिए प्रयुक्त होनेवाला 'सेवक' शब्द ही ठीक है; क्योंकि वे अत्यन्त विनीत और सेवा में तत्पर होते हैं। रेलों में चढ़ने के लिए टिकट की आवश्यकता न होने से 'टिकट बाबू' और 'टिकट-कलक्टरों' की आवश्यकता न रही। सब जगह सन्देश तारवाले टेलीफोन या बेतारवाले टेलीफोन द्वारा भेजा जाता है। इसलिए 'ट्र-टक्' वाले बाबू का भी काम नहीं। समय पर लाइन साफ रखने तथा और प्रबन्ध करने के लिए अन्य कर्मचारी होते हैं। किन्तु 'खलासी', 'पैटमैन' और स्टेशन मास्टर सब बराबर ही हैं—बल्कि सब एक दूसरे का काम भी कर सकते हैं। कारबार के लिए यह कहने की तो आवश्यकता नहीं कि सब कुछ 'भारती'-भाषा में ही होता है। फलों की चालान का एक केन्द्र होने से, यहाँ चढ़ाई-उतराई तथा ढोने का काम बहुत होता है इस मशीन-युग के यौवन काल में सब काम उन मशीनों द्वारा ही कराये जाते हैं, जिनकी नसों में विद्युत का संचार है। मनुष्य तो सिर्फ हुक्म देता है। सवारी-गाड़ी के खड़े होने के 'प्लेट-फार्म' से कुछ दूर पर मालगोदाम है, जिसके पास ही पीछे की ओर बर्फ का कारखाना है। प्लेटफार्म बहुत सुन्दर, चिकना तथा आस-पास फूलों से सज्जित है।

स्टेशन मास्टर से भी परिचय हुआ। गाड़ी के आते ही हम लोग सवार हुए। न मेरे पास कोई बिस्तरा था, न विश्वामित्र के पास। और भी कितने ही आदमियों को सवार होते देखा, किन्तु मानों, सबने कुछ न ले चलने की कसम खा ली थी। सब लोगों के पास उतने ही कपड़े थे, जो उनके बदन पर—न बिछौना, न ओढ़ना, न तकिया, न ट्रंक, न लोटा-गिलास-थाली-तसला, न हुक्का-चिलम, न तम्बाकू।

सचमुच 'सलाई-टिकिया-दियासलाई', 'चाह गरम', 'कबाब रोटी', 'दाँत की मिस्सी', 'सोडा-वाटर-बर्फ' आदि कोई भी पूर्व-परिचित शब्द मेरे कानों में न आए। गाड़ी क्या थी, छोटे-छोटे खिड़की जंगलों वाले जगमगाते मकान थे। फर्स्ट, सेकेण्ड, थर्ड क्लास का पता नहीं, बस, एक ही तरह की गाड़ी, एक ही तरह का बिछौना—चाहे इसे 'फर्स्ट क्लास', कहिए, या 'थर्ड'। चढ़ने के लिए द्वार दूर-दूर पर थे। हम लोग इंजन के पास ही के डब्बे में चढ़ गए। अब गाड़ी में देर न होने से प्रियंवदा, इस्माइल, देवमित्र तथा मोहनपुर के सभ्य-जन विदा हुए। इंजन चलाने वाले महाशय को मेरे चढ़ने की खबर हो गई थी। उन्होने घंटी दे, गाड़ी छोड़ दी। मैं गाड़ी में खड़ा हो देखता हूँ, गाड़ी के एक ओर से रास्ता गया है।

और उसकी दूसरी ओर सोने लायक बेंचें हैं, जिन पर मुलायम गद्दे लगे हैं। मैंने विश्वामित्र से कहा—पहले बुड्ढे को तुम्हारी नई दुनिया की गाड़ी देख लेने दो। हम लोग इंजन के पास से चले। जिस गाड़ी में जाते, वहीं स्वागत होता। स्त्री-पुरुष सब अपनी-अपनी बेंचों पर बैठे थे। कोई पुस्तक पढ़ रहा था; कोई आज का ताजा समाचार-पत्र। समाचार-पत्रों की धूम अब भी कम नहीं। किन्तु 'बंक' और 'कम्पनियों' का इश्तिहार नहीं। अफसोस, अब 'जो चाहो सो पूछ लो', 'त्रिकालदर्शी आईना', 'असली मुमीरा', 'फायदा न करे तो दाम वापस', घर बैठे एक हजार रुपया महीना 'कमा लो', 'मुफ्त! मुफ्त! मुफ्त!' इत्यादि शब्दावलियों का पता नहीं। अखबारवालों की बड़ी-बड़ी व्यर्थ की सुर्खियाँ भी नहीं। न 'खास संवाददाता' अथवा 'रूटर द्वारा' का पता है। महत्त्वपूर्ण समाचारों पर सुर्खियाँ अवश्य

हैं, किन्तु अब बाहरी तड़क-भड़क दिखलाकर ग्राहक-संख्या तो बढ़ानी नहीं है। पत्रों के कलेवर भी भारी ओढ़ने-पहनने लायक नहीं। विचारणीय विषय मासिक-पत्रों में आते हैं।

दैनिक-पत्र केवल संसार के दैनिक समाचारों का संक्षेप में संग्रह करते हैं। यह प्रत्येक प्रान्त के मुख्य स्थान से उसी के नाम से निकलते हैं। शायद यह कहने की आवश्यकता न होगी कि वह आवश्यकता अनुसार स्थान-स्थान पर उतनी संख्या में भेजे जाते हैं, जिसमें कि प्रत्येक नर-नारी उन्हें आसानी से पढ़ सकें। काम हो जाने पर, कागज के कारखानों में जाकर ये पुराने अखबार सादे कागज बन, फिर दूसरी बार अपने कलेवर को काला कराने को तैयार हो जाते हैं।

मासिक पत्र बड़ी तड़क-भड़क से, चित्रों से सुसज्जित होते हैं। फोटोग्राफी का भी अब यौवन है। इतना ही नहीं कि इससे आकृति के साथ जैसे-का-तैसा रंग ही उतरता है, बल्कि अब चित्र भी एक सेकण्ड में बेतार-के-तार द्वारा पृथ्वी के दूसरे छोर पर ज्यों-के-त्यों उतरकर समाचार पत्रों में आ जाते हैं। मैं जिस दिन सेबग्राम के बाग में आया, उसी दिन मेरा चित्र संसार के समाचार-पत्रों में मुद्रित हो गया। प्रत्येक साइंस के पृथक्-पृथक् मासिक पत्र निकलते हैं।

हम लोग अब रेलगाड़ी के पुस्तकालय में पहुँच गए थे। यहाँ पत्रों और पत्रिकाओं का ढेर लगा हुआ था। यद्यपि दो-तीन आलमारियाँ पुस्तकों की भी थीं, किन्तु पत्र-पत्रिकायें ही अधिक! ज्योतिष, गणित, अध्यात्म, इतिहास, भाषा-विज्ञान, मनोविज्ञान, दर्शन, साहित्य, विद्युत, कृषि, आयुर्वेद, वनस्पति, प्राणि आदि साइंसों की पृथ्वी के भिन्न-भिन्न छोर से निकलने वाली पत्रिकायें वहाँ मौजूद थीं। नर-नारी कहीं किसी दार्शनिक तत्त्व पर आलोचना कर रहे थे; कहीं नवीन समाचार को लेकर आनन्द या शोक प्रकट कर रहे थे, कहीं साहित्य-सिन्धु में गोते लगा रहे थे, तो कहीं उपन्यास ही पढ़-सुन रहे थे; और कहीं संगीत मंडली जमी हुई थी। पुस्तकालय की गाड़ी के बाद भोजनालय है। यात्रियों को घर की तरह यहाँ बना-बनाया भोजन मिलता है। भोजन का समय यात्रा में भी वही है। घंटा बजते ही लोग तैयार होकर बेंचों पर बैठ जाते

हैं। भोजनालय से लकड़ी के तख्ते पर भोजन की सामग्रियाँ परोसी बिजली के द्वारा सरकती हुई वहाँ पहुँच जाती हैं। भोजन खाने के बाद सब तख्ते बिजली द्वारा ही लौटा लिए जाते हैं। पानी पीने तथा नहाने के नल जगह-जगह लगे हुए हैं। पाखानों का प्रबन्ध गाड़ी के अन्त में है। ये भी बड़े साफ हैं; किन्तु पहले की रेलों की तरह जहाँ-तहाँ पाखाना गिर नहीं पड़ता, उसके जमा होने का स्थान है और खास स्टेशनों पर पाखानों के नालों में गिरा दिया जाता है। शोधक तो जल देवता हैं ही।

भोजन के कमरे को पार कर हम लोग आगे चले। कितने ही लोग बैठने का आग्रह करते थे, किन्तु मैं यह कह देता था कि जरा आपके युग की गाड़ी तो अच्छी तरह देख लूँ। आगे चलकर एक गाड़ी बीमारों की थी। इसमें पाँच-छः बीमार बड़े आराम से लिटाये गए थे। उनकी सेवा में दयामयी दाइयाँ तत्पर थीं। कोई किसी को पुस्तक पढ़कर सुना रही थी; कोई बातचीत से मन बहलाव करती थी। पास की मेज पर गर्म रखनेवाले बर्तनों में दूध और निकट ही सेब, अंगूर आदि ताजे-ताजे फल अच्छी तरह सजाकर रखे हुए थे। इन रोगियों में से दो तिब्बत से आ रहे थे। चिर-रोगी होने से उनकी विशेष चिकित्सा के लिए तक्षशिला ले जाया जा रहा था। तीन और रोगी नेपालगण के भिन्न-भिन्न स्थानों के थे। उन्हें वैद्यों ने समुद्र-यात्रा की सम्मत्ति दी थी। चिकित्सा और सुश्रूषा का समुचित प्रबन्ध होने से रोगी की आधी पीड़ा तो ऐसे ही भूल जाती है। भला यह आराम पहले जब बड़े-बड़े धनिकों के लिए भी दुर्लभ था, तो सामान्य जनों की बात ही क्या?

सब गाड़ियों की एक बार सैर करके हम लोग एक स्थान पर आकर बैठे। उस समय मुझे ख्याल आया कि एक यह समय है और एक वह भी समय था जब संसार में सबसे कड़ी मेहनत करनेवाले को ही सबसे अधिक दुख था। बेचारे परिश्रमी किसान-मजदूर रेल में भी जब चढ़ते, तो उनके लिए खड़े होने के लिए पर्याप्त स्थान न था। लोग एक-पर-एक भेंड़ों की तरह जेठ की कड़ी गर्मी में भी कस दिये जाते थे। उस भीड़ में कहीं बच्चा दबता रहता था कहीं औरत। कुछ उज्र करने पर कहा जाता—इतनी भीड़ में

जाते क्यों हो, दूसरी गाड़ी में क्यों नहीं जाते? किन्तु दूसरी गाड़ी आने तक तो किसी का मुकदमा बिगड़ता था, किसी की लगन बीतती थी, किसी का बन्धु मरता था और किसी का खर्चा खतम होता था। और यह सब सह भी लें, तब भी कौन जानता है कि अगली गाड़ी खाली आएगी, जिसमें टाँग-पसारे सोते जाएँगे। यह बैठने-सोने का आराम, यह पढ़ने-लिखने की सुभीता, यह खाने-पीने की बेफिक्री पहले कहाँ नसीब थी? पैसे वालों की पाकेट भी तो चलते-चलते गायब हो जाती थी।

हमारे पास ही एक मध्यम वयस्का महिला बैठी हुई थीं। पूछने पर पता लगा, आप आन्ध्र-विश्वविद्यालय की आचार्या हैं। आज छः मास के बाद एक बड़ी यात्रा से लौटी जा रही हैं। आपकी यात्रा समुद्र, आकाश, पृथ्वी तीनों द्वारा हुई है। आप मद्रास से जहाज में सवार हुईं वहाँ से लंका में दो-चार दिन प्रसिद्ध-प्रसिद्ध स्थानों को देखती हुईं जावा और बाली द्वीपों को गईं फिर आस्ट्रेलिया। मैंने उनसे पूछा, आस्ट्रेलिया में क्या केवल गोरे लोग बसते हैं? उन्होंने कहा, अब कहीं केवल गोरे, या काले, या पीले, या लाल नहीं बसते। सभी जगह सब रंग के लोग बसते हैं। मुझे आपका परिचय है।

मैंने 'ल्हासा' में आपका चित्र और वृत्तांत पढ़ा था। आप बीसवीं शताब्दी की बात करते हैं। उस समय भारत में ऊँच-नीच भावों से भरी नाना जातियाँ थीं; वैसे ही, दूसरे देशों में भी स्वार्थपूर्ण वर्ण-भेद, वर्ग-भेद थे। अब उनका कहाँ पता है? हमारे आन्ध्र प्रान्त, तामिल प्रान्त अथवा केरल प्रान्त में यदि पहले की बातें स्मरण करके पूछें—क्या अब भी तुम्हारे यहाँ 'परियाँ' हैं, अब भी तुम्हारे यहाँ 'थीया' हैं, अब भी वह 'अय्यर' और 'नम्बूदरीपाद हैं' जो 'थीयो' की छाया से अपवित्र हो जाते थे?

मैं—"तो क्या, आपके कहने का मतलब यह तो नहीं कि अब यह बातें बिलकुल नष्ट हो गईं?"

महिला—"नष्ट ही नहीं हो गईं, कब की भूल भी गईं। अब वह बातें इतिहास के जिज्ञासुओं के लिए पुस्तकों में रह गई हैं। अब आस्ट्रेलिया या

किसी भी स्थान में पुराना पक्षपात और दुराग्रह नहीं। सब जगह आगत अतिथि की वैसी ही पूजा होती है, जैसी अपने देश में।"

मैं—"मैं आपको प्राय: हिन्दी अथवा 'शुद्ध भारती' भाषा बोलते देख रहा हूँ। आपके देश की 'इकड़े-तिकड़े' वाली बोली तो इधरवालों के लिए कोई अर्थ ही नहीं रखती। आपने यह भाषा कब और कहाँ सीखी?"

महिला—"प्रत्येक भारतीय की 'भारती' तो मातृभाषा है। मेरी भी यह मातृभाषा ही है।"

मैं—"तब क्या आन्ध्रवालों की 'तेलगू' मातृभाषा नहीं?"

महिला—"यह नहीं कह सकती हूँ। तेलगू भी लोग जानते हैं। बहुत दिनों तक अर्थात् 2066 ई. तक, उनका आग्रह था कि हमें तेलगू को मातृभाषा तथा सर्व व्यवहारोपयोगी बनाये रखना चाहिए। किन्तु सारे भारत की उपयोगी राष्ट्रीय भाषा होने से 'भारती' तो पढ़नी ही पड़ती थी, नहीं तो मनुष्य को कूप-मंडूक बन जाना पड़ता। लोगों ने इस दोहरे परिश्रम के लिए सबका बहुत-सा समय बरबाद करना उचित न समझा। उधर जब सार्वभौम गण होने से पूर्व ही एशिया वालों ने एक राष्ट्र बनाकर सार्वभौमी को अपनी अन्तर्राष्ट्रीय भाषा बनाई, तो लोगों पर और प्रभाव पड़ा। अब 'भारती' के साथ सार्वभौमी का भी जानना प्रत्येक नागरिक को अनिवार्य हो गया। इसलिए 'भारती' ही मातृभाषा हो गई। यह केवल वहीं, 'तामिल', 'केरल', 'कर्नाटक' में भी।"

मैं—"तो क्या आपने अपनी प्राचीन मातृ भाषाओं को चिताओं पर 'भारती' का महल उठाया है?"

महिला—"भाषा तो अस्थिर होती है। कौन भाषा है, जो दो सौ वर्ष तक एक रूप में रह गई? हमारे पड़ोस में ही 'तमिलनाडु' है। वहाँ 8-10 शताब्दियों से भी पूर्व जो भाषा थी, वह आपकी बीसवीं शताब्दी की 'तमिल' से पृथक् 'शन्तमिल्' कही जाती थी। उस समय के लोगों के बिना पूरा श्रम और समय लगाये उसका समझना असम्भव था।"

मैं—"तो आपकी राय में भाषा और उसके साहित्य की रक्षा का प्रयत्न ही निरर्थक है?"

महिला—"नहीं, मैं यह नहीं कहती। भाषा की भी यथावसर रक्षा होनी चाहिए। साहित्य को तो अक्षुण्ण रखना चाहिए। किन्तु केवल भाषा की रक्षा के लिए मनुष्य-जाति की एकता का बलिदान नहीं किया जा सकता। उसकी रक्षा का काम जाति के कुछ आदमी कर सकते हैं। जिनकी भाषा-विज्ञान, इतिहास अथवा विशेष साहित्य की ओर स्वाभाविक रुचि हो; यह भार उनके ऊपर निश्चिन्ततापूर्वक छोड़ देना चाहिए। संसार का उपकार अनेक भाषाओं को सुदृढ़ करने में नहीं है, बल्कि सबके आधिपत्य को उठाकर एक के स्वीकार करने में है। जैसे अन्य हित के कामों में मनुष्यों का पूर्व का पक्षपात बाधक होता था, वैसे ही यह भी एक प्राचीन निरर्थक पक्षपात था। यह भ्रमपूर्ण पक्षपात ही तो था, जो भारत बीसवीं शताब्दी में नाना जातियों में विभक्त हो आपस ही में कट-मर रहा था। यह वही अन्ध-विश्वास था, जिसके कारण इंग्लैण्ड 'दशमलव' तथा 'मात्रिक' मापों को फ्रांस का समझकर उसे अधिक उपयोगी और शुद्ध होने पर भी उन्हें कबूल न करता था। अब उस पक्षपात का संसार में स्थान नहीं। अब संसार के सभी स्थानों में अर्थ-शास्त्रीय दृष्टि एक है। एक समय था कि भारत में ही हिन्दी-उर्दू का झगड़ा था। समय आया कि वह झगड़ा मिट गया और दोनों की प्रतिनिधि 'भारती' भाषा भारत की राष्ट्रीय भाषा हुई। फिर बड़ी मुश्किल से सारे प्रान्तों ने देवनागरी वर्णमाला का प्रान्तीय भाषाओं की वर्णमाला होना स्वीकार किया। अन्त में तो अब सबने 'भारती' भाषा को ही मातृभाषा बना लिया। पुरानी भाषा अब भी पढ़ी जाती है। अब भी उसके साहित्य का रस लिया जाता है, किन्तु उस संकीर्णता के साथ नहीं। सभी तो साहित्य-सेवी नहीं होते। जिनकी रुचि होती है, उनके पढ़ने का पूर्ण प्रबन्ध है। इस समय कितनी आसानी है? मुझे सार्वभौमी भाषा के द्वारा आस्ट्रेलिया, सम्पूर्ण एशिया में घर-सा ही मालूम पड़ा।"

मैंने उक्त विदुषी के इन भावों को बड़े ध्यानपूर्वक सुना। पूछने पर मालूम हुआ कि आपका नाम गार्गी है। मैंने यात्रा के बारे में पूछा तो पता लगा कि आप आस्ट्रेलिया में कुछ दिन रह कर 'बोर्नियो' होती हुई 'निप्पोन्' (जापान) गईं। मैंने पूछा कि आस्ट्रेलिया में आबादी कितनी है। उन्होंने बताया, 16

करोड़। चीन, भारतवर्ष और जापान की घनी आबादी वाले देशों के बहुत से लोग वहाँ जा-जाकर बस गए हैं। पहले के इंग्लैण्ड, आदि देशों के बसे हुए भी लोग हैं, किन्तु उनकी संख्या इतनी आबादी में बहुत कम है। यह भेद भी ऐतिहासिकों के महत्त्व का है। वहाँ वालों के लिए तो कोई भेद ही नहीं। मैंने पूछा, 'फूजीयामा' को भी निप्पोन में देखा? वहाँ 1913 के चन्द घंटों के भूकम्प ने सात लाख कि बलि ले ली थी? उत्तर में उन्होंने 'हाँ' कहा। पीछे वह नानकिन चली आईं। फिर पेइपिंग से मंचूरिया के कई स्थानों में घूमती साइबेरिया पहुँची। वहाँ से उत्तरी ध्रुव का दर्शन करती हुई, साइबेरिया, मंगोलिया और तिब्बत होती अब अपने विद्यालय को लौट रही हैं। ज्योतिष-शास्त्र और भूगोल से आपका बड़ा प्रेम है। इन्हीं दोनों के सम्बन्ध में आपने यह बड़ी यात्रा की है। हाँ, साथ में आपके दो और अध्यापक रहे, जिनमें एक 'विश्वभारती' के प्रोफेसर हक और दूसरे अलीगढ़ विश्वविद्यालय के प्रोफेसर विश्वनाथ वह दोनों सज्जन भी सामने की बेंचों पर बैठे थे। पहले उन्होंने भी अभिवादन किया था किन्तु मुझे कुछ मालूम न हुआ था। बात यह है, वस्त्र तो अब सबके एक-से होते हैं। जब तक विशेष वार्तालाप न हो, अथवा कोई परिचय न कराए, तब तक कैसे जाना जा सकता है कि कौन क्या है?

आजकल के जेल भी दूसरे ही प्रकार के हैं। बीसवीं शताब्दी के जेलों से इनका मुकाबिला क्या? क्या यहाँ के कैदियों की जरा-जरा सी बात में गाली और जूतों से पूजा होती है? ऐसी बात सुनकर तो आज के लोग पहलों की बुद्धि पर अफसोस करेंगे। आजकल तो कहा जाता है, अपराध भी मनुष्य किसी मानसिक रोग के कारण करता है; उसकी चिकित्सा होनी चाहिए – उसको शिक्षा देकर सुधरने का अवसर देना चाहिए। भला वह लोग क्या शिक्षा देंगे, जिन्हें कैदी अपने ही जैसा चोर-डाकू जानते हैं? इसीलिए आजकल के जेलर होते हैं अत्यन्त नम्र, मानस-शास्त्र और आयुर्वेद के पारंगत विद्वान्। कितने ही अपराधियों के लिए शल्य-चिकित्सा की भी आवश्यकता पड़ जाती है। रोगी को जिस प्रकार सावधानी और शान्ति से रखा जाता है, वैसे ही अपराधी

को। दंड केवल इतना ही समझिये कि उसकी पूर्ववत् स्वच्छन्दता नहीं रहती। भोजन वैसा ही सुन्दर, वस्त्र वैसा ही बढ़िया, मकान, शिक्षा आदि का प्रबन्ध भी अत्युत्कृष्ट। वहाँ ऐसे शिक्षक-जेलर की शिक्षा में रहकर वह सुधर जाता है। पीछे फिर अपने कार्य पर जाता है। जैसे आजकल रोगियों की संख्या अत्यन्त अल्प है, अपराधियों की संख्या तो उससे भी अल्प है। बात यह है कि धनी-गरीब तो कोई है नहीं, जो वस्तु, भोजन, वस्त्र और गृह-सामग्री एक के पास है वही दूसरे के पास भी है। जब पर्याप्त तथा वैसे ही सुन्दर कोट-कमीज मेरे पास हों, जैसे कि दूसरों के पास, तो मैं क्यों चुराऊँगा? पेट-भर खाने के लिए सभी स्वादिष्ट पदार्थ मुझे, मेरी स्त्री, मेरी लड़की और मेरे लड़कों को बिना चोरी या दगाबाजी के मिलते हैं, तो मैं वैसा क्यों करने जाऊँगा? कोई चीज चुरा कर बेचूँ, तो पहले दुनिया में न खरीदार ही हैं; न रुपया। रुपया लेकर भी क्या करना है? बुढ़ापे के लिये? सो तो राष्ट्र की ओर से वृद्धों के लिए परिचारक तथा सब प्रकार के आराम का वैसा ही प्रबन्ध है, जैसा रोगियों के लिए। फिर रुपयों की आवश्यकता? बेटों-बेटियों के लिये? यह भी नहीं। तीन वर्ष तक राजकुमारों की तरह उनके पाले जाने का वर्णन हो चुका है। तीन से बीस वर्ष तक भी उसी प्रकार के आराम के साथ उत्तम से उत्तम शिक्षा से भूषित होने का प्रबन्ध राष्ट्र की ओर से है ही। शिक्षा-समाप्त के बाद योग्य विदुषी कन्या से इच्छानुसार ब्याह, बिना बारात, जेवर, दहेज आदि के झगड़ों के हो जाता है। तब रुपये से मतलब?

इस प्रकार चोरी तो आजकल के शासन में असम्भव है। जमींदारी, काश्तकारी, माल-मिल्कियत किसी की है ही नहीं, सभी राष्ट्रीय सम्पत्ति हैं। फिर दीवानी-अदालतों का खात्मा ही है, साथ ही जमीन के दखल-बेदखल आदि के झगड़े, मार-पीट, खून-खराबी का होना भी बन्द है। आबकारी का कानून, फैक्टरी का कानून, सिक्कों का कानून, स्टैम्प का कानून, हथियारों का कानून इत्यादि हजारों कानूनों की जड़ें ही कट गई हैं। इनमें से बहुत-सी चीजों का संसार से ही नाम उठ चुका है। अब अपराध यह हो सकता है कि बात के लिए कहीं तकरार होकर झगड़ा हो जाए।

स्त्री-पुरुष दोनों स्वतंत्र हैं। दोनों का पति-पत्नी बंधन प्रेम का है। पति का पत्नी पर उतना ही अधिकार है, जितना कि पत्नी का पति पर। वह पुरुष होने से उस पर कोई विशेष अधिकार नहीं रखता। ब्याह भी दोनों के युवा होने पर, सुशिक्षित तथा सुचतुर होने पर, दोनों की पूर्ण स्वीकृति पर, बिना किसी दबाव और बिना किसी धनादि के प्रलोभन के होता है। ऐसी अवस्था में दोनों का प्रेम स्थायी होना भी स्वाभाविक है। किन्तु यदि निर्वाह न हो सके—किसी कारण से अथवा पहले जल्दी करने से भूल हुई—तो अब भी दोनों स्वतंत्र हैं। दोनों के रास्ते खुले हैं। दोनों ब्याह-सम्बन्ध-विच्छेद करके अपना-अपना रास्ता ले सकते हैं। उनके वैसा करने से समाज की ओर से कोई बाधा नहीं।

इतना होने पर भी यदि बदचलनी से कहीं झगड़ा, फसाद या मारपीट का मौका आ जाए, तो इससे भी जेल के लिए कैदी मिलते हैं। अनिवार्य तथा बहुत ताकीद करने पर राष्ट्रीय नियमों का न पालन करने पर भी मनुष्य जेल भेजा जा सकता है। संक्षेप में अपराधी होने के यही तीन-चार कारण हैं।

इनके देखने तथा बीसवीं शताब्दी के अपराधों से मिलाने ही से ज्ञात होगा कि कैदी कितने रह जाएँगे। मालूम हुआ, नेपाल भर में एक ही जेल है, जिसमें कुल 50 कैदी हैं। बिहार में भी एक जेल है, जिसमें कैदियों की संख्या कभी सौ से ज्यादा नहीं हुई। ऐसी बात भारत ही के प्रांतों में नहीं, दूसरे देशों में भी है। पुराने जमाने में चोरी के लिए बड़े-बड़े दंड मुकर्रर किए गए थे, जिसका कि अस्तित्व ही आर्थिक प्रणाली के दोष पर निर्भर था। दूसरों के परिश्रम की कमाई को कानून की भूल-भुलैया में डालकर हड़प जानेवाले तो महाजन महापुरुष और रात-दिन खून-पसीने को एक कर अपने और अपनी सन्तान का पेट न भरने से लाचार होकर, उसी पराये माल के हड़पने वाले की लूट की ढेरी से अपनी प्राण-रक्षा भर के लिए थोड़ा ले लेना बहुत भारी अपराध समझा जाता था। बात यह है कि उस समय की धारणा ही दूसरी थी। दो-चार आदमियों को लेकर दूसरे का धन हरने वाले चोर, सौ-पचास लेकर दिनदहाड़े लूटने वाले डाकू, दस हजार लेकर दूसरों की जन्मभूमि छीन लेने वाले विजयी—दिग्विजयी कहलाते थे। सिकन्दर और एक डाकू

में तात्त्विक दृष्टि से तो कोई भेद नहीं; केवल परिमाण का भेद था। परिमाण के भेद से तो कुछ और ही होना चाहिए था, क्योंकि थोड़े पापवाला थोड़ा पापी, बड़े पापवाला बड़ा पापी होता है। इस तरह तो सिकन्दर आदि बड़े चोरों की बड़ी निन्दा होनी चाहिए थी, किन्तु वह दुनिया ही दूसरी थी। चोर कौन कहे, उलटे लोग उन्हें प्रतापी, महाप्रतापी, दिग्विजयी, विश्वविजयी कहने लगे। सारांश यह कि उस समय के अनेक अपराध कृत्रिम तथा बलात्कार से कराये जाते थे।

हमारी गाड़ी दनादन चली जाती थी। कहीं चढ़ाई और कहीं उतराई, तो कहीं पहाड़ की सुरंग में होकर रास्ता था। अभी आस-पास के पहाड़ों पर अनेक प्रकार के फलों का ही बगीचा था। आखिर कुछ घंटों चलने के बाद हमारी गाड़ी ने पहाड़ छोड़ा। अब घने जंगलों का रास्ता था। पुराने-पुराने शाल के ऊँचे और मोटे वृक्ष थे। बीच-बीच में और भी बड़े-बड़े दरख्त थे। मुझे मालूम था ही कि इस तराई में बाघ और हाथी कई तरह के जानवर होते थे। मैंने उनके बारे में पूछा। मुझे बतलाया गया कि इन जंगलों में उन हिंसक जीवों का नाम नहीं। सारे हिंसक जीव मार डाले गए हैं। उनके मूल की रक्षा प्राणि-संग्रहालयों में की जाती है, जो दो-चार नर और मादा रखे गए हैं, उनके खाने के लिए नकली मांस के टुकड़े दिये जाते हैं जिन्हें वह पहचान नहीं सकते। हाथियों को भी फँसा-फँसाकर जंगल खाली कर दिया गया है। उनका भी जाति-उन्मूलन प्रायः क्रिया से विनाश-सा ही कर दिया गया है। अब केवल प्रदर्शनी तथा विद्या के उपयोग के लिए कुछ रखे गए हैं। अब यह जंगल निष्कंटक हो गया है।

अभी दो-तीन कोस गए होंगे कि एक स्टेशन आया। यहाँ के माल-गोदाम बहुत भारी तथा यहाँ से दो लाइनें जंगलों की ओर गई थीं। उनके बारे में पूछने पर मालूम हुआ कि ये लाइनें दूर तक गई हैं। यहाँ से पूर्व, थोड़ी दूर पर, एक बड़ा ग्राम है, जिसका नाम कागजग्राम है; जिसमें दस हजार लोग बसते हैं। बस्तियों का ढंग दूसरे ग्रामों का सा ही है। वहाँ के निवासियों को भी किसी प्रकार की सुख-सामग्री से वंचित होना नहीं पड़ता। कागज-ग्राम

में कागज का बड़ा भारी कारखाना है। लकड़ियों के काटने, टुकड़े करने, उठाकर कारखाने तक लाने, चीरने-फाड़ने, पकाने-गलाने, 'पल्प' तैयार करने, कागज बनाने, काटने, तह लगाने, आदि सभी कामों के लिए बिजली-द्वारा चलाई जानेवाली मशीनों का प्रयोग किया जाता है। यहाँ से कागज तैयार होकर छापाखानों में जाते हैं। रद्दी कागज, सड़े-गले कपड़ों आदि से भरे रेल के डब्बे मैंने स्टेशन पर खड़े देखें जिनके बारे में मालूम हुआ कि यह सब कागज बनाने के लिए जा रहे हैं। पता लगा कि कागज बनाने के सभी उपकरण बाँस, घास, लकड़ी आदि यहाँ प्रचुर परिमाण में हैं। अतः यहाँ इसका कारखाना खोला गया है। वहाँ से आगे लकड़ी के भी कारखानों वाले ग्राम हैं, जिनमें मशीनों द्वारा लकड़ी के तख्तों को चीरकर चौखट, किवाड़, चौकी, तिपाई आदि सभी काठ के सामान बनाये जाते हैं।

अब हमारी गाड़ी और आगे चली। मैंने मन-ही-मन विचार किया, अब थोड़ी देर में जंगल से पार हो जाएँगे। किन्तु इतनी देर होने पर भी देखा, अभी तक गाड़ी जंगल ही में जा रही है। अब जंगल में ज्यादा वृक्ष 'सागौन' के थे। मैंने पूछा—ऐसी लकड़ियाँ तो इधर नहीं देखी थीं। विश्वामित्र ने कहा—यह लकड़ियाँ ही नहीं, पहले यहाँ खेत और गाँव बसे थे। यह सौ वर्ष से कुछ ऊपर की बात है जब यहाँ 'सागौन का' जंगल लगाया गया, अब तो इनसे लकड़ी की चीजें बनानेवाले यहाँ कई ग्राम हैं। इस तरह तराई की लकड़ी और कागज के कारखानों के बने लकड़ी और कागज से आधे भारतवर्ष का काम चलता है। इस जंगल से वृष्टि होने और आगे के पहाड़ों में तरावट आने में भी मदद पहुँची है। तराई के सागौन और शाल की लकड़ी बड़ी दृढ़ और सुन्दर होती है।

गाड़ी बीच में दो-दो, तीन-तीन मिनट रुकती दनादन चली जा रही है। जहाँ-तहाँ स्त्री-पुरुष मेरे आने का समाचार सुनकर देखने के लिए स्टेशनों पर आए हुए हैं। उतरने का तो कोई काम नहीं। खिड़की पर बैठा ही हूँ, सफेद बड़ी-बड़ी दाढ़ी खुद ही परिचय करा देती हैं। गाड़ी रुकते समय थोड़ी देर के लिए हमारी बात कट जाती है; नहीं तो बराबर गाड़ी की तरह वह भी चलती

ही जाती है। अब हम लोग जंगलों के बाहर चले आए। अब सड़क के दोनों ओर हरी-हरी घासों का मैदान है। मैंने पूछा—क्या जेठ मास में भी अभी घासें हरी हैं? क्या तुम लोगों ने और चीजों की भाँति बादलों को भी तो अपने काबू में नहीं कर लिया? अध्यापक हक ने कहा—हाँ, अब वृष्टि कराना भी हमारे हाथ में हो गया है। आवश्यकता पड़ने पर विज्ञान द्वारा वृष्टि कराई जाती है। किन्तु, यहाँ तो समय-समय पर हरी घासों को जगह-जगह फैले हुए नलों के जल को खोलकर सींच दिया जाता है। वृष्टि ऊँचे, सूखे पर्वतों को हरा करने के लिए कराई जाती है। नहीं देख रहे हैं, भूमि कैसी समतल, पानी के तल के बराबर है? मैंने पूछा—बरसात का पानी भूमि को काट-काटकर ऊभड़-खाबड़ नहीं बना देता? इस पर उन्होंने कहा—पानी की चलती तो वह ऐसा करने में कब चूकता, किन्तु अब उसका रास्ता निर्दिष्ट है। कितना ही पानी बरसे, उन पक्के रास्तों अथवा नलों द्वारा बड़े नालों में होकर नदी में पहुँचा दिया जाता है। रेल की सड़क को नहीं देख रहे हैं, कदम-कदम पर लोहे के पुल बँधे हुए हैं। जल के रास्ते पर कहीं जबर्दस्ती नहीं है।

अब गायों के झुंड चारों ओर बिखरे हुए बड़े सुन्दर दिखाई देने लगे। अब तक तो सड़क के किनारे तार नहीं गड़े थे, किन्तु अब तो तार भी बराबर गड़े हुए थे, जिनमें गायें चलती गाड़ी के आगे न आ जाएँ। बहुत ही सुन्दर और बड़ी-बड़ी गायें थीं। जिनकी सूरत देखते रहने को तबियत चाहती थी। गायों से बछड़े अलग करके दूर चराए जा रहे थे। हरी-हरी घासों को बड़े प्रेम से गायें चर रही थीं। मैंने कहा—अब दाना-खली की इन्हें क्या आवश्यकता? इस पर अध्यापक विश्वनाथ ने कहा—तब भी खली, मक्का का दाना, कण और चोकर इन्हें दिया जाता है। सायंकाल को थान पर जाते ही इनको यह स्वादिष्ट व्यारू कराया जाता है। मैंने जगह-जगह देखा कि लम्बे-लम्बे पक्के हौजों में साफ पानी लबालब भरा हुआ है। पानी इनमें बराबर आता और निकलता रहता। यहाँ गायें आकर पानी पीती हैं; जगह-जगह हरे-हरे वृक्षों की छाया है। कुछ गायें वहाँ भी बैठी जुगाली कर रही हैं। गायों के झुंड में कई भीमकाय साँड़ भी दिखाई दिये। इनमें कुछ चर रहे हैं, और कुछ 'अब्-भाँ' कर रहे

हैं। साँड़ों के देखते ही मुझे एक बात स्मरण आ गई और मैंने अध्यापक हक से पूछा—आप लोग खेत तो बिजली के हलों से जोतते हैं, और गाड़ी भी बिजली ही से चलाते हैं; बैलों के खाने वाले भी नहीं। साँड़ रखने को सौ पर दो-तीन बैलों की आवश्यकता पड़ती होगी, फिर इतने बछड़े, जो पैदा होते होंगे, किस काम में आते हैं?

हक—कितने बछड़े? हम लोग पैदा ही इतने बछड़े होने देते हैं, जितने साड़ों की आवश्यकता है, बाकी बछियाँ ही पैदा कराई जाती हैं।

मैं—तो क्या अब आपने यह विद्या भी पा ली है?

हक—हाँ, जो-जो आवश्यकता और कठिनाई मार्ग में आती गईं, हमने परिश्रम किया और उसका हल भी मिल गया।

मैंने हँसते हुए कहा—भाई! तुमने सब बातों में कमाल किया। सब कठिनाइयों को सहज और असम्भवों को सम्भव बना दिया। तुम शायद एक भी असम्भव बात न जानते होंगे। यही गायें हैं, जिनको लेकर 20वीं और उससे पूर्व शताब्दियों के हिन्दू-मुसलमान प्रलय तक एक दूसरे के खून के प्यासे बन बैठे थे।

हक—वे हमारे पूर्वज चले गए, उनके लिए अब कुछ कहना तो ठीक नहीं, तो भी यह निरा अज्ञान था। दोनों अपनी हमेशा की भलाई की ओर नहीं देखते थे। सोना लुटा जा रहा था और कोयलों पर लट्ठमलट्ठ करते थे। सचमुच आजकल जब कभी हम लोग पुरानी बातों को पढ़ते हैं, तो हँसी आए बिना नहीं रहती।

अब मालूम हुआ कि अगला स्टेशन गो-ग्राम है। मैंने गो-ग्राम के विषय में बहुत कुछ दर्याफ्त किया, जिसका सारांश यह है—इस ग्राम में पाँच हजार आदमियों की बस्ती है। असल में आदमियों की बस्ती को तो गो-ग्राम न कहकर गोपाल-ग्राम कहना अच्छा होगा; क्योंकि गाँव में तो एक भी गाय नहीं रहती। गाँव स्टेशन से लगा हुआ है। गायों का गोष्ठ वहाँ से एक मील की दूरी पर है। चरने का मैदान तो कई कोस में है। इस मैदान में जहाँ-तहाँ घास के ताड़-बराबर ऊँचे ढेर लगे हुए हैं। गाय-बच्चे मिलाकर सब एक

लाख तक पहुँच जाते हैं। इनमें से प्राय: आधी तो दूध देनेवाली गायें ही होती हैं। भला, इतनी गायों को कौन दुह सकता है! किन्तु विज्ञान ने जैसे और कठिनाइयों को सरल कर दिया वैसे ही इसे भी सरल कर दिया है। गायें पाँती से खड़ी रहती हैं; उनके बीच से मोटे-मोटे नल गए रहते हैं; और इन नलों से निकले छोटे नल गायों के नीचे जाते हैं; जिनमें लगी रबड़ की नलियाँ स्तनों में लगा दी जाती हैं। बस मशीन द्वारा सभी दूध दूहकर बड़े नलों-द्वारा, रेल की लाइन पर खड़ी दूध की गाड़ियों के डब्बे में गिरता है। डब्बे भरते जाते हैं और जिन-जिन गाँवों में उनका खर्च है, वहाँ रवाना होते जाते हैं। यहाँ दूध बिना हवा देखे ही डब्बों में बन्द हो जाता है। वहाँ भी उसे हवा का साक्षात्कार नहीं होता। बड़े बर्तन से छोटे बर्तनों में भी ऐसे ही नलों के द्वारा उसे ले जाया जाता है। खर्च वाले गाँवों में जाकर भी बन्द ही उसको बिजली की आँच से गर्म कर दिया जाता है। पीने के वक्त ही वह दूध जरा देर के लिए हवा का मुख देखता है। गो-ग्राम में दूध गर्म करने आदि का कोई बखेड़ा नहीं। यहाँ वालों का काम है गोओं की हिफाजत करना, उनकी सन्तान पैदा करना, दूध निकालना, स्थान-स्थान पर आवश्यकतानुसार भेजना और बस। ब्याई, बिन ब्याई, बच्चे, सबके लिए चरने और रहने के पृथक्-पृथक् स्थान हैं, जहाँ से बिना मर्जी के अपने आप वह इधर-उधर नहीं आ-जा सकते। गाय, भैंस, भेड़, बकरी के गाँवों में कुछ घोड़े भी पाले जाते हैं। चरवाहे घोड़ों पर चढ़कर इच्छानुसार अपने गल्ले पर शासन करते हैं। बीमार, बुड्ढे पशुओं के आराम और चिकित्सा का वैसा ही प्रबन्ध है, जैसा कि मनुष्यों के लिए। गाँव के लोग अपनी ड्यूटी के अनुसार आ-आकर काम करते हैं। गो-ग्राम खेतीवाले ग्रामों को लाखों मन खाद देता है। यह खाद बराबर रेलों पर लादकर पहुँचाई जाती है।

अगला स्टेशन भैंस-ग्राम का था। चरने का वही मैदान आगे भी बढ़ता चला आया था। जैसी सुन्दर और विशाल गायें देखी थीं, वैसी ही भैंसे भी दिखाई पड़ीं। इनके सामने हाँसी-हिसार की बीसवीं शताब्दी की भैंसें तुच्छ हैं। काली-काली देह। इनके स्तन बोतल की भाँति झलकते थे, जिनको देखने ही

से मालूम होता है कि यदि एक मन नहीं, तो कुछ ही कम दूध देती होंगी, भैंस-ग्राम के विषय में मालूम हुआ कि यहाँ भी उतनी भैंसें हैं, जितनी पिछले गो-ग्राम में गायें। हक का उत्तर सुनकर मैंने फिर न पूछा—साँड़ से अधिक भैंसों का क्या होता है? भैंसों को पानी में बैठने से बड़ा प्रेम है; इसके लिए स्थान-स्थान पर चौड़े-चौड़े कुंड बने हुए हैं, जिनमें पानी आता और निकलता रहता है। खाने-पीने, रहने, दवाई-दर्पन सबका प्रबन्ध गो-ग्राम-सा ही है। किन्तु भैंस-ग्राम में दस हजार आदमी बसते हैं, जिनके लिए काम भी विशेष है। बात यह है कि गायों की भाँति भैंसों का दूध नहीं भेजा जाता। भैंसों का दूध वैद्य की सम्पत्ति से कहीं थोड़ा-बहुत भेजा जाता है। नहीं तो सब दूध मशीन द्वारा मंथन करके दूहने के बाद ही, मक्खन निकाल लिया जाता है। यह मक्खन बर्फ से रक्षित गाड़ी के डब्बों में बन्द करके स्थान-स्थान पर भेजा जाता है। आवश्यकता के अनुसार मक्खन से घी बनता है।

"किन्तु, क्या मक्खन निकालकर हजारों मन दूध का अवशिष्ट भाग रोज फेंक दिया जाता है?"

"नहीं, यहाँ बटनों का बड़ा भारी कारखाना है। दूध का सफेद घन भाग रासायनिक प्रक्रिया से पृथक् करके उनसे नाना रंग-बिरंगे बटन बनते हैं। बटन ही नहीं, दरवाजों, मशीनों आदि के सफेद हैंडलों के लिए भी इसका उपयोग होता है, जिसमें आदमी का हाथ छूने से काला न हो। एक ओर बिजली ने धुएँ को संसार से विदा कर दिया तो दूसरी ओर इधर इसने हाथ का काला होना भी बन्द कर दिया। आज क्या फैक्टरी के आदमी का रंग काला होता है? आर्ट पेपर पर चिकनाई लाने के लिए भी इस सफेदी का प्रयोग होता है। अब हाथी-दाँत तो पैदा नहीं होता किन्तु वह निस्सार दूध उसके काम के साथ और बहुत-से काम भी कर डालता है।"

घासों के टाल तो मैंने जगह-जगह देखे थे, किन्तु पयाल, भूसा का गंज कहीं न मिला। पूछने पर मालूम हुआ कि धान और गेहूँ आदि के डंठे भी यद्यपि कल-द्वारा काटे जाते हैं; किन्तु साथ ही बाली थोड़े डंठे के साथ काटकर एक ओर रखी जाती है; और डंठल का बोझा अलग बँधता जाता

है। यह डंठल और पयाल पीछे गाँठे बाँध-बाँध कर कागज के कारखानों में भेज दिये जाते हैं, जहाँ उनसे कागज बनाया जाता है। गाय-भैंसों के खाने के लिए हरी और सूखी घास ही काफी होती है।

अब साढ़े तीन बजे की तोप की आवाज पास के किसी गाँव से आई। हमारी गाड़ीवाले सभी लोग बेंचों पर आकर बैठ गए। थोड़ी देर में हवा में छत के तार के सहारे तैरता हुआ हमारे जलपान का तख्ता सामने आ गया। इस वक्त भोजन कुछ और ही नियामत थी। एक छोटी तस्तरी में काली मिर्च लगाकर घी में तले, नमकीन, हरी मटर तथा हरे चने के दाने थे। दूध में मिला हुआ एक-एक गिलास गन्ने का कच्चा रस अलग रक्खा हुआ था। इसके अतिरिक्त कुछ फल भी थे। मालूम हुआ, आजकल के लोग पुराने गाँवों की इन नियामतों से भी महरूम नहीं हैं। बताया गया कि ऐसे ही सभी मौसम की चीजें बच्चे-बूढ़ों, पुरुष-स्त्रियों के पास पहुँचा करती हैं। मक्का के दिनों में भुट्टे इसी तरह जलपान के समय पहुँच जाते यदि हम उस समय सफर करते। हमारे गाड़ी के परिवार ने जलपान किया। मेरे मन में उस समय यह ख्याल आता था कि इसी युग के बारे में बीसवीं शताब्दी के हिन्दू कहा करते थे, आगे घोर कलियुग आएगा। पृथ्वी नरक हो जाएगी। यह तो सभी दृश्य स्वर्ग के मालूम होते हैं। शायद उस युग के स्वार्थियों के लिए समस्त भूमंडल-वासियों का इस प्रकार आनन्द भोगना नरक प्रतीत होता था।

हाथ-वाथ धोकर, सामने खिड़की से देखा। निचले खेतों में कोसों तक चनों की हरियाली लहरा रही है। चनों के सिवाय दूसरी कोई चीज ही नजर नहीं आती। पूछने से ज्ञात हुआ, अगला स्टेशन शालिग्राम है। वहाँ सिर्फ धान और चनों की खेती होती है। धानों की फसल कट जाने पर उन्हीं खेतों में चने बो दिये जाते हैं। पचास-पचास बीघों की एक-एक क्यारी जिसके चारों ओर ऊँची मेंड़ें थीं। बासमती, किसुन भोग, कनक जीरा आदि उत्कृष्टतम धानों को छोड़कर मोटे धानों की तो अब खेती ही एक तरह से बन्द है। विद्यालय में उनको मूल-रक्षा तथा परिचय के लिए थोड़ा बोया जाता है। बाकी खाने के लिए तो सब अच्छे-ही-अच्छे चावल हैं। यह शालिग्राम भी 10

हजार आदमियों का ग्राम है। यहाँ खेती के अतिरिक्त चावल अलग करने का भी कारखाना है। धान-कुटाई का काम भी बस मशीन ही से। चावल तैयार होते-जाते हैं, और स्थान-स्थान पर गाड़ियों में भर-भरकर रवाना होते रहते हैं। चनों की दाल और बेसन बनाकर तथा साबित भी चालान किया जाता है। पयाल तो कागज के कारखानों ही में चला जाता है। हाँ, धान की भूसी तथा कूड़े-करकट को गड्ढों में सड़ाकर खाद बनाई जाती है। बाकी खाद गो-ग्राम, भैंस-ग्राम से आती है। कितने ही पशुओं के ग्रामों में हड्डी पीसने के कारखाने हैं। मुर्दे पशुओं का, पहले बता दिया गया है, कोई चमड़ा नहीं उतारता। उन्हें गाड़ दिया जाता है। पीछे सड़ी मिट्टी तो खाद के स्थान पर भेज दी जाती है, और हड्डियाँ कलों में पीसकर चूर्ण कर दी जाती हैं। यहाँ उनसे बहुत-सी फास्फोरस भी निकाली जाती है, जिन्हें दियासलाई बनाने आदि के काम में लाया जाता है। यद्यपि सिग्रेट के बन्द होने तथा आग के स्थान पर बिजली के उपयोग होने से दियासलाइयों का खर्च बहुत कम क्या, नहीं के बराबर है; तब भी एकाध कारखाने दियासलाई के रखे गए हैं।

शालिग्राम का खेल का मैदान स्टेशन के पास ही सड़क के किनारे था। देखा, सहस्त्रों स्त्री-पुरुष वहाँ जमा हुए हैं। 'फुटबाल' खेला जा रहा है। बड़े-बड़े जवान खेल में लगे हुए हैं। ओह, अभी एक गोल हुआ—सारी दर्शक-मंडली ने प्रसन्नता प्रकट की। आगे इधर कबड्डी ज़मी हुई है। हरी घास पर जाँघिया और बनियाइन पहने खिलाड़ी खेल रहे हैं। स्थान सड़क से लगा हुआ है, और गाड़ी भी स्टेशन के पास आने से बहुत धीमी पड़ गई है; इसलिए इनके पुष्ट, सुन्दर और स्वस्थ शरीर खूब दिखलाई पड़ रहे हैं।

रेलों की सड़कों के नीचे से जगह-जगह नहरें जाती दीख पड़तीं। विश्वामित्र ने कहा—अब गण्डक, गंगा आदि नदियों की धारा उतनी मोटी नहीं मिलेगी, जितनी कि पहले थी। सारे देश में नहरों का जाल बिछा हुआ। इन नदियों के पानी का बहुत-सा भाग तो ऊपर से ऊपर ही नहरों में ले लिया जाता है। सभी ग्रामों में यद्यपि अपने कारखानों की भाप के लिए पानी की आवश्यकता नहीं है, किन्तु सब कुछ हरा-भरा और साफ रहने के लिए उसकी बड़ी आवश्यकता

है। खेती और बगीचे वाले गाँवों को तो सींचने की भी हर वक्त आवश्यकता पड़ती रहती है। पानी और बिजली यही दोनों आजकल के संसार के प्राण हैं; बल्कि बिजली भी तो पानी ही से तैयार की जाती है; इसलिए पानी आजकल सब कुछ है। इसका जैसा ही बड़ा भारी खर्च है, वैसा ही व्यर्थ व्यय भी न होने देने की ओर ध्यान है।

जंगल छोड़ते ही भूमि बराबर आ गई थी। अब पहाड़ भी दूर धुँधले बादलों की भाँति दीख पड़ते थे। चारों ओर मैदान-ही-मैदान था। बस्ती के पास ही वृक्ष थे, अन्यथा वृक्षों का कहीं नाम न था। खेतों में खाद ले जाने तथा अनाज ढोने के लिए छोटी-छोटी गाड़ियों की पतली-पतली लोहे की कड़ियाँ दिखलाई पड़ती थीं। चनों में यद्यपि फल लग गए थे, किन्तु अभी पके न थे—वह बिल्कुल हरे-हरे दिखलाई पड़ते थे, तो भी कहीं अभी रखवालों की झोपड़ियाँ न दिखाई देती थीं। शालिग्राम स्टेशन से कोसों आगे तक चनों के खेत चले आए थे।

अब भूमि ऊँची आई। चनों की जगह पर बड़ी-बड़ी बालियों वाले गेहूँ के खेत हैं। सड़क के दोनों तरफ जहाँ तक दृष्टि जाती है, हरे-हरे गेहूँ ही दिखलाई पड़ते हैं। हवा के झोंकों से हिलते हुए ये प्रशान्त सागर में हल्की तरंगों के समान मालूम देते हैं। गेहुँओं के स्वाद और आटे की सफेदी के बारे में क्या कहना है? किन्तु मुझे गेहूँ के दाने अभी देखने को न मिले थे। मैंने विश्वामित्र से पूछा कि—क्या हमारे समय के पूसा नं. 3 से भी यह दाने अच्छे होते हैं। उन्होंने कहा—पूसा नं. 3 विद्यालय के संग्रहालय में रक्खा हुआ है; वह भला इन गेहुँओं का क्या मुकाबला कर सकता है? खेत की जुताई, कटाई, दवाई आदि सभी के बारे में तो इकट्ठा ही सुन चुका था कि बिजली की कलों द्वारा होती है। एक-एक मोटर हल में दस-दस फाल पाँती से लगे रहते हैं, जो एक-एक साथ गहरी भूमि खोदते चलते हैं। पीछे से लगा पटेला (सिरावन) ढेलों को फोड़ता और भूमि को बराबर करता जाता है। बोने का काम भी मशीनों ही द्वारा होता है। पकी खेती का काटना, बाँधना, ढोना आदि सभी काम कलें ही करती हैं। अच्छी खाद और पर्याप्त जल की

अनुकूलता से फसल जैसी चाहिए वैसी ही होती है। गेहूँ के खेतों में साल में दो फसलें होती हैं, बरसात में मक्का और बाजरा बोया जाता है, फिर यह गेहूँ। मक्का और बाजरे को आजकल आदमी केवल भुट्टा और होला के तौर पर ही मौसम में दो-चार दिन खाते हैं; बाकी इन्हें गाय-भैंसों को दिया जाता है। इनके डंठल भी कागज के कारखाने में जाते हैं। हरा होने पर पास के किसी पशु-ग्राम में भी स्वाद बदलने के लिए भेज दिये जाते हैं।

इस गेहूँ-ग्राम में आटा पीसने का बड़ा कारखाना है। यद्यपि सभी गेहूँ के ग्रामों में खेती के साथ-साथ पिसाई भी होने का नियम नहीं है। किन्तु नजदीक में और कोई ऐसा कारखाना न होने से इसकी आबादी दस हजार करके यहाँ कारखाना भी रखा गया है। आटा-मैदा सब यहाँ तैयार होकर चालान होता है।

गेहूँ-ग्राम की सीमा पार होने पर आम-लीची आदि के वृक्ष दिखलाई देने लगे। पूछने पर ज्ञात हुआ, अब हम मोतीहारी के पास आ गए। यह बगीचा एक विद्यालय का है। पहले बतलाया जा चुका है कि तीन वर्ष के बाद लड़के-लड़कियाँ माता-पिता तथा जन्म-स्थान से अलग करके विद्यालय में भेज दिये जाते हैं। प्रत्येक 30-40 ग्राम के बीच में एक ऐसा विद्यालय रहता है, जिसमें दस-पन्द्रह हजार या कभी इससे भी अधिक बालक-बालिकाएँ पढ़ते हैं। इनमें प्राय: सब प्रकार की साधारण शिक्षा देने का प्रबन्ध होता है। सत्रह वर्ष तक बालक-बालिकाएँ इन्हीं में पढ़ते हैं। असाधारण प्रतिभाशाली, तथा किसी विद्या की ओर विशेष प्रवृत्ति रखनेवाले बालक बीच में ही एक विद्यालय से दूसरे विद्यालय को—जहाँ उस विद्या का समुचित प्रबन्ध होता है—भेज दिये जाते हैं। अध्यापकों या विशेषज्ञों की योग्यता प्राप्त करने के लिए यहाँ से किसी अन्य विद्यालय में जाना पड़ता है, नहीं तो साधारणतया यहीं से शिक्षा समाप्त करके विद्यार्थी कार्यक्षेत्र में उतरते हैं। सभी विद्यालयों की शिक्षा-दीक्षा और रक्षा का ढंग एक-सा ही है। विश्वामित्र जी ने विशेष पूछने पर कहा, यह सब बातें तो नालन्दा में आँखों के सामने ही आएँगी।

अब मोतीहारी नगर आया। क्या अब उसे पुराने दर्शक पहिचान सकते हैं? बिल्कुल उलट-पुलट गया है। आबादी तो अब दस हजार आदमियों की

ही है; किन्तु आज की स्वच्छता, सुन्दरता और एकरूपता पहले कहाँ थी? पहाड़ पार करने के बाद ही हम मल्ल में आ गए थे। मोतीहारी मल्ल का एक जिला है। प्रांतों के नामों में इधर बहुत-कुछ परिवर्तन हुआ दीख पड़ता है। पुराना सारन का जिला भी इसी प्रान्त में है। उसके पश्चिम काशी-कोशल लखनऊ से आगे तक चले गए हैं। उसके बाद कुरु-पांचाल-मत्स्य-शूरसेन देशों के इसी नाम के गण हैं। दिल्ली अब भी भारत की राजधानी या राष्ट्रधानी है। इस प्रकार देशों तथा गणों के नाम पुराने रखे गए हैं। पिछली शताब्दियों के इतिहास-सम्बन्धी स्थानों के नाम भी ज्यों-के-त्यों रहने दिये गए हैं। यहाँ मोतीहारी नगर में जिला की पंचायत का कार्यालय रहता है। सभापति और कार्यकारिणी के सदस्य अपने निर्वाचन-अवधि भर यहाँ ही रहते हैं। जिला की उत्पत्ति तथा आवश्यकताओं के अनुसार चीजें बाहर भेजने तथा मँगाने आदि का काम एक प्रधान कर्त्तव्य है। जिला के हिसाब-किताब तथा अन्य प्रकार के कागज-पत्रों के साथ पुराने कागज-पत्रों का भी यहाँ संरक्षणालय है। इसके और जिला ऑफिस के अतिरिक्त दूसरे सारे ही मकान बिना कोठे के हैं। गाँवों और शहरों के घर-द्वार, रहन-सहन, खाना-पीना किसी बात में भी कुछ भेद नहीं। अब वह पुरानी सड़ी गलियाँ और गन्दे मकान कहीं नहीं दिखाई पड़ते। जिला की पंचायत की बैठक का यहाँ एक वृहद् भवन है। नगरवालों का संस्थागार इससे अलग है। नगर में एक छापाखाना है। जिला भर के आवश्यक कागज-पत्र यहीं छपते हैं। यहाँ सबसे बड़ा कारखाना मशीनों के सुधारने तथा पुरजों के बदलने का है।

आगे बढ़ने पर सड़क की दोनों ओर दूर तक बाग-ही-बाग दिखलाई देने लगे। मैंने जलपान में अमरूद और बेर के टुकड़े खाए। एक-एक बेर एक-एक छटाँक के थे, जिसमें तारीफ यह कि गुठली का पता नहीं। अमरूदों में भी, सारा फल ढूँढ़ने पर कहीं एक बीज मिल पाता था। मिठास और सुगन्ध के लिए क्या कहना है? विश्वामित्र ने बताया, यह फल भी वैसे ही होते हैं। अब घटिया वस्तु पैदा ही नहीं की जाती। यह सारा बाग बेर-ग्राम का था। इस ग्राम में यही काम होता है। फल बारहों मास होते रहते हैं, अतः लोगों

को काम भी सदा मिलता रहता है। दूसरी तरफ इस ग्राम में जामुन का भी बाग है। इसमें भी बेर ही की भाँति जादू किया गया है। अर्थात् आकार बहुत बड़ा मिठास-सुवास अनूप; किन्तु गुठली का पता नहीं।

बागों के बाद एक बार फिर खेत-ही-खेत दिखलाई देने लगे। कितने ही खेतों की फसल तो कट गई थी; किन्तु ऐसे भी खेत थे, जिनमें कोसों फलियों से लदी सरसों थी। मालूम हुआ, यह तेलग्राम है। यहाँ इन खेतों में पहले तिल्ली उत्पन्न की जाती है, पीछे सरसों बो दी जाती है। यहाँ तेल निकालने का बड़ा भारी कारखाना है। खाने तथा सिर में लगाने का तेल प्रदान करना यहाँ वालों का काम है। मैंने कहा—तब तो चाहे बिजली ही से काम क्यों न किया जाता हो, किन्तु तेल से कपड़े तो अवश्य रँग जाते होंगे। विश्वामित्र ने कहा—नहीं, पहले तो काम करने के वक्त की पोशाक ही सबकी दूसरी होती है; दूसरे, काम भी दूर-ही-दूर से करना होता है। सभी काम तो मशीन और नल करते हैं। इन तेलों को ले जानेवाली बहुत-सी गाड़ियाँ भी मैंने स्टेशन पर देखीं, जो पुराने समय के मिट्टी के तेल की गाड़ियों से बहुत कुछ मिलती-जुलती थीं। मैंने पूछा—सुगन्धित तेल तो यहाँ नहीं बनता होगा? इस पर बतलाया गया कि सुगन्धित तेलों के कारखाने गाजीपुर, कन्नौज आदि नगरों में हैं। वहाँ आस-पास कोसों दूर तक इसके लिए फूलों ही की खेती होती है। तिल वहाँ दूसरे स्थानों से जाता है, जिससे वहाँ के लोग तेल तैयार करते हैं। ऐसे ही मालूम हुआ, साबुन तैयार करने के ग्राम हैं, जहाँ साबुन-ही-साबुन तैयार किया जाता है।

अगले स्टेशन पर अचार-ग्राम लिखा दिखाई पड़ा। यहाँ अचार और मुरब्बे के सिवाय कोई काम ही नहीं होता। अचार के लिए फल, तेल; इसी प्रकार मुरब्बों के लिए अपेक्षित सामग्रियाँ उन-उन चीजों के ग्रामों से आती हैं। यहाँ वाले मशीनों से फलों को काट, सुखा-पकाकर, अचार तैयार करके अपने बड़े गोदाम में चीनी मिट्टी के बड़े-बड़े हौजों में रखते हैं। जब खाने लायक हो जाता है तो फिर जगह-जगह उसी प्रकार सावधानीपूर्वक ले जानेवाली गाड़ियों में भेजा जाता है। यहाँ के लोग अचार बनाने की विद्या में बड़े पटु

हैं। उनको इस विषय की विशेष शिक्षा मिलती है। कटहल, बड़हल, आम, जामुन, आँवला, कदम्ब आदि सब चीजों का अचार बनता है। इन वस्तुओं के उत्पन्न करनेवाले अलग-अलग ग्राम हैं। और सभी वस्तुओं के आकार-प्रकार, गुणों में विज्ञान ने आश्चर्यजनक परिवर्तन कर दिया है।

आगे हमें सड़क के किनारे दर्जी-ग्राम के अतिरिक्त दाल-ग्राम पड़ा। दाल-ग्राम में वर्षा की फसल में खेतों में उड़द, मूँग और जाड़े में अरहर पैदा की जाती हैं। इनसे यहाँ दाल बनाने का बड़ा भारी कारखाना है। बाकी सब ढंग अन्य ग्रामों-सा ही है। इसके बाद कई-एक गाँव मिले, लेकिन सब में कलमी आमों तथा लीचियों का बाग ही था। यह बागों का सिलसिला मुजफ्फरपुर होते गंगा के किनारे तक लगातार चला गया था।

फलों के रूप-गुण में तो आश्चर्यजनक परिवर्तन हुआ ही है, साथ ही फसल बारहों मास तैयार होती रहती है। कितने ही बागों के वृक्ष साल में दो बार फल देते हैं। लीची और आम के फलों में गुठली अब बहुत छोटी-छोटी देखी जाती है; ऐसे भी फल तैयार किए जाते हैं जिनमें गुठली एकदम नहीं होती। सारा बिहार एक तरह आमों और लीचियों का बाग है। अंग, मगध, विदेह इसके तीनों प्रदेशों में सबसे अधिक पैदावार इन्हीं दो फलों की है। यह फल यहाँ से भारत में ही नहीं, यूरोप, अमेरिका तथा एशिया के सभी भागों में भेजे जाते हैं। बर्फ की गाड़ियों में वह इस प्रकार भेजे जाते हैं कि महीनों रखने पर भी नहीं बिगड़ते। आमों का आमरस भी तैयार किया जाता है; और उसके बनाने और रखने की ऐसी क्रिया और प्रबन्ध है कि खाने पर ताजे आमों का स्वाद आता है।

दाल-ग्राम से कुछ ही आगे आए थे कि अँधेरा हो गया। फिर मैं कुछ आगे के ग्रामों की बात पूछता और सुनता रहा। आठ बजे के भोजन को समाप्त कर थोड़ी देर और वार्तालाप किया। अब सारी ट्रेन बिजली के प्रकाश से जगमगा रही थीं। इसके बाद मैं सो गया। चार बजे का समय था, जब हमारी गाड़ी गंगा का पुल पार करने लगी। हमने अब मगध में प्रवेश किया। यह पटना देवानम्पिय पियदस्सी राजा की पुरी आई। मैंने एक बार जो अपनी

यात्रा के अब तक के दृश्य को अपने सामने फिर रखा, तो विचार हुआ, अब के लोग बड़े चतुर हैं। पहले का प्रत्येक आदमी चाहता था कि संसार की सभी वस्तुएँ वहीं पैदा कर ले। इस प्रकार एक ही गाँव अपनी आवश्यक सभी सामग्रियों को पैदा करने की कोशिश करता था। अब तो एक गाँव के हजारों आदमी एक ही चीज पैदा करते हैं। दर्जीग्राम कपड़ा तैयार करनेवाले ग्रामों से कपड़ा लेकर स्त्री-पुरुष-बच्चों के लिए तरह-तरह के नाप के वस्त्र तैयार करता और आई हुई माँगों के अनुसार वहाँ-वहाँ रवाना करता है। उसके कुछ आदमियों को रसोई बनाना पड़ता है; किन्तु उसे न अनाज पैदा करने से सम्बन्ध, न आटे-चावल के भाव से प्रयोजन; न लाठी से गाय-भैंस चराने का काम, न आलू-बैंगन-गोभी बोने से मतलब, न ऊख पेरकर चीनी-गुड़ तैयार करने का प्रयास; अर्थात् उसके लिए अपेक्षित अन्य सभी वस्तुएँ दूसरे ग्राम तैयार करते हैं। जिनकी की कपड़ों की आवश्यकता वह पूरा करता है। इकट्ठा बहुत-सी चीजें कलों द्वारा तैयार करने में श्रम और समय कम लगता है। कहाँ पहले लोगों के दिन-रात लगे रहने पर वही मसल थी कि यदि सिर ढँका तो पैर नंगा, यदि पैर ढँका तो सिर नंगा। किन्तु यहाँ हफ्ते में पाँच दिन और रोज चार ही घंटे प्रत्येक व्यक्ति को काम करना पड़ता है और इतने ही में स्वर्ग-सुख भोगने की सभी वस्तुएँ प्रस्तुत हो जाती हैं। पहले की सारी जिन्दगी, जिन्दगी ही के लिए थी। आदमी रात-दिन लगे रहकर तब अपने और अपने बाल-बच्चों का पेट भर, तन ढाँक, जीवन-रक्षा करता था; दूसरे काम के लिए मुश्किल से समय निकलता था। यहाँ मैं उन आदमियों को नहीं गिनता हूँ, जिनका जीवन पराये की मेहनत पर निर्भर था। उस समय मनुष्य कैसे अपने जीवन का कोई उच्च लक्ष्य रख सकता था जबकि इस प्रकार की आपत्तियों में उसे पड़ा रहना पड़ता था? किन्तु अब अवस्था ही दूसरी हो गई है। 4 घंटे काम, बाकी 20 घंटे सोना, पढ़ना, नृत्य-गान, सत्संग, विद्याव्यसन, परोपकार-चिन्तन, साहित्य-सेवा आदि सभी कामों के लिए बचा हुआ है। इतनी सुख की सामग्रियों से घिरे रहने पर भी उसके लिए अपने जीवन का सर्वांश अर्पण नहीं करना पड़ता। प्रबन्ध कैसा है? वर्ष में नौ मास

अपना कर्त्तव्य पालन करके आप तीन मास सैर-सपाटा भी कर सकते है; चाहे पृथ्वी के किसी भाग में भी स्वतंत्रतापूर्वक घर की भाँति सानन्द रेल, जहाज या विमान द्वारा विचर आ सकते हैं। अपने-अपने कार्यक्षेत्र के चुनने में भी स्वतंत्रता है। केवल योग्यता होनी चाहिए। फिर भारतीय अंगूर की खेती का जानकार फ्रांस में जाकर बस सकता, रह सकता है।

पटना में नालन्दा जानेवाली गाड़ी तैयार मिली। हमारी गाड़ी की यहीं तक पहुँच थी। अन्य साथियों से विदा हो मैं और विश्वामित्र नालन्दा की गाड़ी पर जा बैठे।

नालन्दा में स्वागत

अब हमारी गाड़ी दनदनाती नालन्दा के पास जा रही थी। प्रातःकाल का समय था। भगवान् भुवन-ज्योति यद्यपि अभी पूर्व के क्षितिज पर दिखाई नहीं पड़ते थे, किन्तु उनके आने का संवाद उषाकालीन रक्तिमा दे रही थी। दूर कृषि-विद्यालय के वृक्षों के ऊपर से यह लालिमा वैसे ही दीख पड़ती थी जैसे अँधेरी रात में दूर से दिखलाती दावाग्नि। मानो भास्कर संसार के अन्धकार के दग्ध करने में अभी रुके हैं। यद्यपि अभी उनका साक्षात् आगमन नहीं हुआ, किन्तु उनकी अवाई की सूचना पाए हुए-से पक्षिगण इधर-उधर उड़-उड़कर बैठ रहे हैं। रेल-लाइन की दोनों ओर फलों के भार से लटके हुए चनों के पौधे दूर तक दिखलाई पड़ते हैं। जिनमें कहीं-कहीं पतली-पतली खेतों में जानेवाली लाइनें दिखलाई पड़ जाती हैं। मैंने कहा—और तो सब है, किन्तु आज के लोगों को चने का होला तो न मुयस्सर होता होगा, किन्तु पीछे मेरा यह विचार भी गलत निकला। मैंने स्वयं पीछे होला खाया था। मेरे साथी भी शौचादि से निवृत्त हो बैठे थे। गाड़ी में कहीं कुछ लोग पुस्तक पढ़ते हुए दीख पड़ते थे—कुछ लोग गा रहे थे, बाकी लोग भी चुपचाप अपने स्थानों पर बैठे अपने-अपने विचारों में मग्न थे। उस भीतरी सन्नाटे में वही गाड़ी की घड़घड़ाहट कानों में आ रही थी। मैं भी शौचादि से निवृत हो, स्नान-कोठरी से स्नान करके आ बैठा। अब हमारी गाड़ी विद्यालय-भूमि में प्रविष्ट हुई।

चारों ओर दूर तक खेतों से घिरा एक तीनतल्ला सुन्दर मकान है। उससे थोड़ी दूर पर एक ऊँचा चार महल का मकान है; जिसमें चारों ओर के मकानों के बीच में एक बड़ा भारी चौखुटा आँगन है। मकान के बाहर फूलों की शोभा निराली है। विश्वामित्र ने बतलाया, वह कृषि-विद्यालय है; और यह उसका छात्रावास। ऐसे ही और भी थोड़ी-थोड़ी दूर पर विद्यालय मिलते गए। आखिर ठीक साढ़े छ: बजे गाड़ी नालन्दा के बड़े स्टेशन पर पहुँची। नालन्दा का घेरा बहुत भारी है। यहाँ चार स्टेशन हैं, जो समीपस्थ विद्यालय के नाम से पुकारे जाते हैं। इस बड़े स्टेशन का नाम है नालन्दा प्रधान।

प्रत्येक ट्रेन में अन्य प्रबन्धों के साथ बे-तार का टेलीफोन भी लगा रहता है। पिछले स्टेशन पर फिर विश्वामित्र ने हमारे आने की सूचना आचार्य को दे दी थी। हमारी गाड़ी के स्टेशन पर पहुँचते ही विद्यालय ने धर्म-सूचना का बिगुल दिया। पटना में चढ़ते वक्त हम लोग दरवाजे के पास ही बैठे थे। अत: गाड़ी खड़ी होते ही उतर पड़े। प्लेटफार्म पर आचार्य तथा पचास प्रधान-प्रधान उपाध्याय खड़े थे। मेरे उतरते ही सबने 'स्वागत' किया, और गले में फूलों की माला डाली। स्टेशन से बाहर यद्यपि मोटर खड़ी थी, किन्तु मैंने कहा—इतनी दूर के लिए इसकी आवश्यकता नहीं; दूसरे मार्ग में खड़े बच्चों से मिलने में भी कठिनाई उपस्थित होगी। अब हम लोग 'वसुबन्धु-भवन' की ओर चले। सड़क की दोनों ओर पंक्ति में विद्यालय के छात्र खड़े थे। यह सब बड़ी श्रेणियों के छात्र थे। एक-एक विद्यालय के छात्रों की पंक्ति एक ही जगह थी। पहुँचने के साथ ही उस-उस विद्यालय के प्रधान आचार्य का परिचय कराया जाता था। इस प्रकार आखिर 'वसुबन्धु-भवन' का बड़ा हॉल आ गया।

'वसुबन्धु-भवन' की शोभा अपूर्व है। चारों ओर दूर तक घास का हरा मैदान है। मकान बहुत ऊँचा, सफेद संगमरमर का-सा दीखता है। इसके चारों ओर संगमरमर की छतरियों के नीचे पुराने और बीते हुए कितने ही आचार्यों एवं प्रसिद्ध महापुरुषों की मूर्तियाँ हैं। मुझे यह देखकर अत्यन्त प्रसन्नता हुई कि यहाँ विद्याव्रत की भी एक विशाल मूर्ति स्थापित है। यह वही यशस्वी पुरुष हैं, जिन्होंने नालन्दा के पुनरुद्धार करते वक्त सर्वप्रथम अपना सर्वस्व

दिया था। सब स्थावर और जंगम सम्पत्ति उनकी पच्चीस लाख की थी। इन्हें कोई सन्तान न थी। इन्होंने विद्यालय ही को अपना पुत्र बना, सर्वस्व अर्पण कर दिया। विद्यालय ने सचमुच उस समय असाधारण साहस और स्वार्थ-त्याग का परिचय दिया था। मुझे स्मरण है कि जिस समय मेरे हृदय में विद्यालय के पुनरुद्धार का विचार उठा, तो स्वयं इस प्रकार का भी सन्देह उठता था, कि क्या मेरे ऐसा अकिंचन, अयोग्य व्यक्ति ऐसे भारी कार्य को उठा सकता है। मेरी हार्दिक इच्छा होती थी, कोई इसके सदृश ही महान् पुरुष इस काम को अपने हाथ में लेता तो मुझे भी उसके पीछे चलकर सब प्रकार से सेवार्थ तैयार रहने में कितना आनन्द होता। किन्तु दुर्भाग्य से महान् पुरुष को इस महत्त्वपूर्ण कार्य का स्मरण न था, अथवा उपेक्षा थी। यही देख और सर्वथा अपनी अयोग्यता जान कर भी मैंने इस काम में हाथ डाल ही दिया। किन्तु इस काम में अनेक विद्वानों के अतिरिक्त बहुत धन की भी आवश्यकता थी। धनवालों का अभाव न था, किन्तु उनमें से बहुत तो इसका महत्त्व ही नहीं समझते थे। जो समझ भी सकते थे, उन्हें ऐसा होने पर विश्वास न था। अन्य जगहों में धनादि प्रदान करने से पदवियों और खिताबों की वृष्टि की सम्भावना थी, वह यहाँ न थी; फिर ऐसी अवस्था में कौन धनपात्र आगे बढ़ता?

मैंने बाल्य ही से यद्यपि भिक्षु आश्रम ग्रहण किया था, किन्तु भिक्षा माँगने का अभ्यास न था। यह और भी एक कठिनाई थी। खैर, किसी-किसी तरह मैंने अपने आपको इसके लिए तैयार किया। उत्साही पुरुषों ने मेरी झोली में पड़ना आरम्भ किया। किन्तु फिर वही कठिनाई। यह सभी उत्साही पुरुष ऐसे थे जो अपने उत्साह के बराबर धन देने की सामर्थ्य न रखते थे। तो भी उनके उत्साह से मुझे बड़ा बल मिलता था। ऐसे समय में विद्याव्रत के हृदय में प्रेरणा हुई। यह मेरे लिए अपरिचित व्यक्ति थे। इसके पूर्व कभी उन्होंने ऐसे कार्यों में हाथ भी न डाला था परन्तु, न जाने हृदय में एकदम क्या आया कि उन्होंने अपने सर्वस्व का दानपत्र मेरे पास भेज दिया। आज दो शताब्दियों के ऊपर की बात मेरे लिए कल की-सी है। मेरे नेत्रों के सामने अब भी मेरे वह सहयोगी फिर रहे हैं, जिन्होंने अपने जीवन को विद्यालय की आधार-शिला

के नीचे डाला था। उस समय के हम लोगों ने उनका सम्मान किया—किन्तु उतना नहीं, जितने के वे पात्र थे।

'वसुबन्धु-भवन' अर्द्धचन्द्राकार है। इसमें सवा लाख आदमियों के बैठने का स्थान है! बैठने की गैलरियाँ रंग-मंच के सम्मुख से आरम्भ हो धीरे-धीरे ऊँची होती चली जाती हैं। यद्यपि वह रंग-मंच के सम्मुख अर्द्धचन्द्राकार दूर तक चली गई हैं, किन्तु इस प्रकार बनाई गई हैं, कि सभी दूर और नजदीक के आदमी रंग-मंच को देख सकते हैं। इन गैलरियों के नीचे-ऊपर तीन तहें हैं। बैठने के लिए लम्बी-लम्बी कुर्सियाँ हैं। स्थान-स्थान पर बिजली के लैम्प और पंखे लगे हुए हैं। रंग-मंच की धीमी-सी आवाज को भी सबसे आखिर वाले श्रोता तक के कान में बराबर पहुँचाने के लिए बीच-बीच में शब्द प्रसारक यंत्र लगे हुए हैं। यह शब्दों को श्रोतव्य बनाते हैं। प्रत्येक तल में वायु और सूर्य प्रकाश के आने-जाने के लिए पर्याप्त रोशनदान और वातायन हैं। दीवारों पर भूमंडल के प्राचीन और अर्वाचीन महापुरुषों के चित्र और सुनहरे अक्षरों में सूक्तियाँ लगी हुई हैं। इन चित्रों में अधिकांश विद्यालय के ही छात्रों और अध्यापकों के बनाये हुए हैं। छात्रों और छात्राओं, दोनों के बैठने के लिए भवन में स्थान हैं। बैठने की जगहों पर पहुँचने के लिए सीढ़ियाँ बाहर से लगी हुई हैं। केवल रंग-मंच पर जाने का मार्ग सामने पड़ता है। रंग-मंच की बगल में नेपथ्य-शाला है, जहाँ नाटक करने के समय पात्र नेपथ्य-परिवर्तन करते हैं।

विद्यालय-परिवार समूह-रूप से मेरा स्वागत करने के लिए भवन में बैठा हुआ था। इसलिए आचार्य ने वहाँ चलने के लिए मुझसे कहा। अब जलपान का समय समीप था, इसलिए रंग-मंच पर दो शब्दों में विद्यालय की ओर से अभिनन्दन करते हुए उन्होंने मेरे गले में फूलों का हार डाला। मैंने भी दो ही शब्दों में इसके लिए कृतज्ञता प्रकट की और कहा कि, अब तो मैं फिर अपने प्यारे विद्यालय के लिए आ ही गया हूँ।

वहाँ से मैं सीधे विद्यालय के अतिथि-विश्राम में ले जाया गया। यह अतिथि-विश्राम बहुत बड़ा पाँच तलों का मकान है। इसमें हजार आदमियों के

आराम से ठहरने का स्थान है। कोठरी आदि सबका प्रबन्ध वैसा ही था, जैसा कि सेबग्राम में। किन्तु यह एक बहुत लम्बे-चौड़े मैदान वाले आँगन के चारों ओर बना हुआ है। ऊपर चढ़ने के लिए बिजली के झूले हैं जिन पर बैठकर आदमी अपने विश्राम-स्थान के तल पर शीघ्र जा पहुँचता है। बिजली के पंखों और दीपकों तथा पानी के नलों का पूरा प्रबन्ध है। अतिथियों की सेवा और आवभगत के लिए बहुत-से पुरुष और महिलाएँ नियुक्त हैं अतिथियों के लिए यहीं एक बड़ी पाकशाला और भोजनशाला है। तैरकर स्नान करने के लिए एक बड़ा कुंड भी है। उपयुक्त पुस्तकों का एक पुस्तकालय और अस्वस्थ अतिथियों के लिए पृथक् चिकित्सालय भी है। इस प्रकार यह अतिथियों का अच्छा खासा गाँव है। अतिथि-विश्राम के द्वार पर ट्राम हैं, जो राजगृह तक फैले हुए भिन्न-भिन्न कालेजों तक चली गई हैं। अतिथि जिस कालेज को जाना चाहते हैं, बस, दरवाजे ही पर वहाँ जानेवाली ट्राम पर बैठ जाते हैं।

विद्यालय की इस प्रकार की श्रीवृद्धि देखकर मेरे आनन्द की सीमा न थी। मेरे समय से अब बहुत फर्क हो चुका था। विश्राम-स्थान पर पहुँचकर वहाँ जलपान के लिए सब-कुछ तैयार पाया। मैंने विश्वामित्र, आचार्य वसिष्ठ तथा अन्य प्रधान अध्यापक-अध्यापिकाओं के साथ जलपान किया। जलपान के बाद आज का प्रोग्राम शिशु-कक्षा देखना निश्चित हुआ।

शिक्षा-पद्धति : शिशु-कक्षा

दूसरे अध्यापक तो जलपान के बाद अपने-अपने स्थान पर चले गए थे; सिर्फ मैं, विश्वामित्र, आचार्य वसिष्ठ और शिशु-कक्षा की प्रधानाध्यापिका एवं विद्यालय की उपाचार्या वीरा साथ चलने को रह गई थीं। बालकों और बालिकाओं की कक्षा में सूचना दी जा चुकी थी। निकलते वक्त निश्चय हुआ, कि पहले शिशु-कक्षा में चलना चाहिए। द्वार से निकलकर हम लोग ट्राम पर जा बैठे। शिशु-कक्षा यहाँ से एक कोस पर थी। रास्ते में जहाँ-तहाँ मैदान, बाग और अन्य-अन्य विषयों के विद्यालय भी पड़े। आज विद्यालय में छुट्टी का दिन था। बालक-बालिकाएँ जहाँ-तहाँ घूमते तथा बैठे हुए दीख पड़ते थे। हमारी गाड़ी में और भी कितने ही लोग चढ़े हुए थे। यह लोग प्रायः सब विद्यालय के अतिथि थे; जिसमें से कोई अपने लड़के, लड़की या किसी सम्बन्धी से मिलने आया था; कोई ऐसे ही अपनी वार्षिक छुट्टियों में मनोरंजन के लिए आया हुआ था। कोई किसी विद्या-सम्बन्धी जिज्ञासा से आया था।

आखिर ट्राम बालक-बालिकाओं के उद्यान के मुख्य द्वार पर पहुँच गई। हम लोग नीचे उतरे। अध्यापिका-वर्ग ने द्वार पर स्वागत किया। द्वार तथा उसकी सीध में तीन तल्ला मकान स्वच्छता-सुन्दरता से परिपूर्ण है। भीतर मकानों के अतिरिक्त, एक बड़ा भारी बाग वैसा ही लगा हुआ है,

जैसा कि सेबग्राम के शिशु-उद्यान में फर्क यही है, कि बालकों की संख्या अधिक होने से यह एक स्वतन्त्र ग्राम-सा मालूम होता है। सोने के कमरों के अतिरिक्त पाकशाला, भोजनागार, चिकित्सालय तथा भंडारघर हैं। भीतर बच्चों को खुले पानी में तैरने और नहाने के लिए बहते पानी का एक पक्का कुंड है, जिसमें डुबाव पानी नहीं रहता। जगह-जगह बाग में फव्वारे और तलगृह बने हुए हैं। खेलने के लिए हरी घासों के बड़े-बड़े मैदान हैं। जाड़े के दिनों में स्नान के लिए एक बड़े मकान के भीतर गर्म पानी का कुंड है।

शिक्षा देनेवाली सभी महिलाएँ ही हैं। शिशु-कक्षा में प्रत्येक बालक-बालिका को तीन वर्ष रहना पड़ता है। पहले बतलाया जा चुका है, कि राष्ट्रीय नियम के अनुसार सभी बालक-बालिकाएँ तीन वर्ष की अवस्था के बाद माता-पिता से अलग करके विद्यालयों में भेज दिये जाते हैं। सम्पूर्ण शिक्षा तीन कक्षाओं में विभक्त है। शिशु-कक्षा चौथे वर्ष की अवस्था के आरम्भ होते ही छवें वर्ष की समाप्ति के साथ समाप्त होती है। बाल-कक्षा 7वें से शुरू होकर 14वें वर्ष में समाप्त होती है। इसके बाद तरुण-कक्षा 15 से 20वें वर्ष तक होती है। शिशु-कक्षा में शिक्षा प्राय: एक-सी होती है। पुस्तकों द्वारा शिक्षा का अधिक व्यवहार नहीं है, यद्यपि छात्र इसी कक्षा में अक्षर और अंक को पहचानने लगते हैं। शिशु-कक्षा के अन्तिम वर्ष में उन्हें लिखना-पढ़ना भी पड़ता है। किन्तु ज्यादातर शिक्षा मौखिक होती है। प्रत्येक शिक्षणीय विषय को मनोरंजक बनाकर इस प्रकार बच्चों के सम्मुख रखा जाता है, कि वे स्वयं उसको जानने के लिए उत्कंठित हो जाते हैं। जिस विषय में जिस बच्चे की उत्सुकता अधिक देखी जाती है, उसी की ओर अध्यापिका-वर्ग भी उसका अधिक ध्यान दिलाता है। जितना ध्यान बालकों की ज्ञान-वृद्धि की ओर दिया जाता है, उतना ही उनकी शारीरिक उन्नति का भी ख्याल रक्खा जाता है। यद्यपि छात्रों के कुश्ती के लिए छप्परों के नीचे कई-एक अखाड़े बने हुए हैं, जहाँ नियत समय पर यह छोटे-छोटे पहलवान ताल ठोंक-ठोंक, अपने करतब दिखलाते हैं, किन्तु अधिकतर

दौड़-धूप के खेलों द्वारा उन्हें दृढ़ और परिश्रमी बनाया जाता है। कबड्डी, फुटबाल आदि कई प्रकार के खेल होते हैं। इन खेलों के नियम बतलाकर, उन्हें स्वयं प्रबन्ध करने को छोड़ दिया जाता है। अध्यापिका-वर्ग केवल मार्ग दिखलाता है।

अपने कार्यों में अधिक योग्यता प्रदर्शित करने पर बालक अपनी श्रेणी में ऊपर के नम्बर में गिने जाने लगते हैं। उनकी योग्यता का पुरस्कार यह तथा गुरुजनों की शाबाशी है। वस्तु आदि के रूप में दूसरे प्रकार के पारितोषिक नहीं दिये जाते। दस-दस बच्चों की टोली होती है, जिसमें एक को वह अपना नायक स्वयं चुनते हैं। एक-एक टोली के लिए एक-एक सोने का कमरा है।

रात्रि में जब बालक-बालिकाएँ अपने-अपने बिस्तरों पर लेटते हैं, तो अध्यापिकाएँ इतिहास के प्रसिद्ध-प्रसिद्ध पुरुषों की कथाएँ सुनाती हैं। इन कथाओं में सन्-तारीख नहीं रहते। हाँ, यह बता दिया जाता है, कि अशोक बुद्ध के बाद हुए थे—चन्द्रगुप्त विक्रमादित्य उनके भी बाद। कथाओं की भाषा सरल तथा भाव वही लिए जाते हैं, जिन्हें बालक आसानी से समझ सकें। यह कथाएँ इतिहास, भ्रमण और विज्ञान आदि सभी के सम्बन्ध में हुआ करती हैं। कभी-कभी छात्र इन्हें स्वयं भी दुहराया करते हैं। कभी-कभी अध्यापिका और विद्यार्थी-वर्ग कोई-कोई गीत भी मिलकर गाते हैं। बालकों को स्वास्थ्य तथा स्वच्छता-सम्बन्धी नियम भी बड़े ध्यानपूर्वक बतलाये जाते हैं। उन्हें अपने ही नहीं, अपने आस-पास को स्वच्छ रखने-रखवाने की शिक्षा दी जाती है। उन्हें भली प्रकार बतला दिया जाता है, कि केवल तुम्हारी ही स्वच्छता पर्याप्त नहीं है, तुम्हारे अड़ोस-पड़ोस में भी स्वच्छता होनी चाहिए। अपने यहाँ सफाई करके कभी अपने कूड़ा-कर्कट को दूसरे के यहाँ न फेंक दो। किसी जगह इस प्रकार कुछ पड़ा हुआ देखकर स्वयं उसे हटा दो, या उपयुक्त व्यक्ति को उसकी सूचना दे दो। उन्हें बड़ों का आदर और छोटों से प्रेम-भाव रखना सिखला दिया जाता है। बालक संसार के लिए जीवन उत्सर्ग करनेवाले पुरुषों की कथाओं को बड़े प्रेम से सुनते हैं। अध्यापिकायें

उन्हें बड़े मधुर और हृदय-द्रावक शब्दों में कहती हैं। बालक कितनी ही बार सुनते-सुनते करुणाभिभूत हो आँसू बहाते देखे जाते हैं।

बड़ी-बड़ी मूर्तियों और चित्रों के अतिरिक्त महापुरुषों की जीवन-घटनाओं के फिल्म बोलते बायस्कोपों द्वारा भी दिखलाये जाते हैं। बालक इन चलती-फिरती बोलती तस्वीरों को बड़े प्रेम से देखते-सुनते हैं। खेल में बालक घर बनाते, फुलवाड़ी लगाते और पंचायत करते हैं। प्रसिद्ध नक्षत्रों और राशियों का उन्हें परिचय करा के उनकी दूरी आदि के सम्बन्ध में मनोरंजक कथाएँ सुनाई जाती हैं। पृथ्वी तथा सौर परिवार के अन्य ग्रहों, उपग्रहों का खगोल में भ्रमण उन्हें दिखाया जाता है। इन कथाओं से मनुष्य-मात्र के प्रति भ्रातृत्व उनको हृदयस्थ करा दिया जाता है।

मृत पशु-पक्षियों के संग्रहालय-द्वारा भी यहाँ बहुत-सी प्राणिशास्त्र की बातें बतलाई जाती हैं। कितने ही समय बालकों को प्राणिशास्त्रीय विद्यालय के जन्तु-संग्रहालय में ले जाया जाता है। वहाँ उन्हें जीवित प्राणी दिखलाये जाते हैं। यद्यपि इस प्रकार विद्या के अनेक विभागों में बालकों के प्रवेश का मार्ग खोला जाता है, किन्तु यह पूरी तरह से ध्यान में रक्खा जाता है, कि बालक उसमें मानसिक श्रम न अनुभव करें। इन्हीं मनोरंजक रीतियों से गणित का आरम्भिक ज्ञान भी उन्हें करा दिया जाता है। व्याकरण का नाम भी न लेकर भाषा के शुद्धाशुद्ध का भी इन तीन वर्षों में पर्याप्त ज्ञान करा दिया जाता है। कथाओं की मनोरंजकता के तारतम्य से उन्हें भीतर-ही-भीतर भाषा की सरसता और नीरसता के पहचानने का अभ्यास भी हो जाता है। शिशु-उद्यान के भीतर बालकों की अपनी गवर्नमेंट है। बालक इसके कार्य-निर्वाह के समय अनेक अद्भुत बुद्धि-चातुर्य प्रदर्शित करते हैं। शिशु-कक्षा के छात्रों की पोशाक जाँघिया, मोजा, जूता और कोट या कुर्ता है। जाड़े के दिनों में सिर ढाँकने का गुलबन्द भी पहनते हैं। कहीं किसी प्रकार के आभूषण का वहाँ नाम नहीं होता, किन्तु वस्त्र, ऋतु के अनुकूल तथा सुन्दर होते हैं। इस पोशाक में बालक-बालिकाएँ बड़े फुर्तीले दीख पड़ते हैं।

हमारे जाने पर अपने-अपने नायकों को सामने किए हुए सब टोलियाँ

खड़ी थीं, शिशु-पार्लियामेंट के प्रधान और मंत्रियों ने शिशु-समाज की ओर से हमारा स्वागत किया। मेरे कहने पर अखाड़े का खेल देखना निश्चित हुआ। बालकों ने स्वयं अपनी-अपनी जोड़ी चुनी। ऐसी दस जोड़ियों को मैंने निश्चय किया। इनमें प्रथम, द्वितीय और तृतीय सभी वर्षों के बालक थे। अखाड़े पर पहुँचकर पहली जोड़ी प्रथम वर्ष के लड़कों की छोड़ी गई। इनका नाम कृष्ण और इब्राहीम था। अखाड़े में पहुँचने से पहले ही इन्होंने कपड़ा उतार कुश्ती का जाँघिया चढ़ाया। पहले तो दोनों दूर से दाँव तकते रहे। आखिर गुत्थमगुत्थी हो गई। लड़ने के कायदे भी बतलाये गए हैं कि सफल होने पर किन-किन अंगों पर चोट करने या पकड़ने से हार हो जाती है। इब्राहीम ने कृष्ण को आखिर नीचे कर ही दिया, किन्तु, कृष्ण भी एक था। इब्राहीम चित करते-करते हार गया, तो भी वह चित न हुआ। जब वह इसमें लगा हुआ था, तभी अवसर देख कृष्ण ने ऐसी झपट मारी, कि इब्राहीम चारों खाने चित। दर्शक शिशु-समाज ने आनन्द-ध्वनि की। अब दोनों अलग-अलग खड़े हो गए। इब्राहीम ने एक बार और अवसर देने की प्रार्थना की। कृष्ण ने कहा—भाई इब्राहीम! कोई परवाह नहीं। एक बार तो चित कर ही दिया है। यदि अबकी तुमने पछाड़ भी दिया; तो भी हम बराबर ही रहेंगे। अब दोनों ने फिर ताली बजा, भिड़न्त शुरू की। अबकी इब्राहीम ने सचमुच कृष्ण को ले धरा। आखिर दोनों की जोड़ी बराबर गिनी गई। बाद को और जोड़ियों ने भी एक-एक करके अपने-अपने करतब दिखलाये। इसके बाद दौड़ और फुटबाल मैच हुआ। कुछ लड़कों ने तैराकी भी दिखलाई। अब हम लोग बाग की उस ओर गए, जिधर महापुरुषों की मूर्तियाँ थीं। मैंने प्रथम वर्ष के बालक ज्ञान से पूछा—तुम्हें मालूम है, इनमें मार्क्स कौन हैं? उसने झट जाकर हाथ से पकड़ बता दिया—यह हैं। तब मैंने पूछा—तुम इनके बारे में क्या जानते हो? उसने संक्षेप से बालकों के समझने योग्य कितनी ही घटनायें बतलाईं। सारांश यह कि, इन्होंने मानव सेवा के लिए अनेक कष्ट सहे, किन्तु उसे न छोड़ा। एक बालिका से फिर मैंने डार्विन के बारे में पूछा। उसने भी हाथ रखकर, डार्विन की कथा कह डाली। इसी प्रकार वनस्पति और पशुओं के

बारे में भी प्रश्न किये। उत्तर बहुत सन्तोषजनक मिले। सबसे बढ़कर बात यह देखी, कि बालकों में किसी प्रकार का भय या संकोच न था। बालकों के सोने के कमरे देखकर भोजनागार और चिकित्सालय आदि को भी देखा। आज मध्याह्न भोजन भी शिशु-मंडली ही में हुआ।

हमने बड़े प्रेम से उनके गीत और किस्से सुने।

इनकी शिक्षा हरी-हरी घासों, फल-फूल से लदे वृक्षों और पशु-पक्षियों के संग्रहालयों में होती है। बालिकाओं की स्वच्छता, सुन्दरता और निर्भीकता देखकर मैं कहता था, क्या इन्हीं की भाँति बीसवीं शताब्दी की भी स्त्री-जाति थी। पुरुष-जाति ने इनकी शक्ति को विकसित होने से रोक दिया था। उनको यह न मालूम था कि इससे उनकी अपनी भी हानि है। मैंने कहा—इन्हीं में आखिर उन अस्पृश्यों की भी सन्तानें हैं, जिन्हें उस समय लोग यदि मनुष्य कहते थे, तो मानों बड़ी कृपा करते थे। अन्यथा उन्हें पशुओं से भी बदतर समझा जाता था। कुत्ते को गोद में बिठाने में संकोच न था, किन्तु मजाल क्या कि किस्मत के मारे वह पुरुष पास में फटक सके। ओह! कितने करोड़ ऐसे मनुष्यों के अमूल्य जीवन बरबाद कर दिये गए? अन्याय का कुछ ठिकाना था? उन अभागों को गाँव में कुआँ रहने पर भी कुएँ का पानी पीने को नसीब न होता था। और दोषों के साथ उन पर सबसे बड़ा दोष यह लगाया जाता था, कि वे मैला साफ करते हैं–वह मुर्दे पशुओं को ले जाते हैं, इत्यादि। किन्तु उन दोष-दर्शकों को यह न सूझता था, कि समाज की ऐसी सेवा के लिए—जिसे कि करने के लिए और लोग तैयार न थे, तथा जिस पर समाज की सुस्थिति निर्भर है—उनका कृतज्ञ होना चाहिए, न कि उलटा उन्हें तिरस्कार का पात्र बनाना चाहिए। खैर! वह भी एक स्वप्न का समय था, यद्यपि वह स्वप्न हजारों वर्षों लम्बा-चौड़ा था। आखिर मनुष्यों ने समझा—एक दूसरे को छोटा बनाने से हमें स्वयं नीच बनना पड़ता है। संसार फिर उस स्वप्न को न देखे, उस नशे या मोह-निद्रा में न पड़े।

इस प्रकार आज शिशु-कक्षा का निरीक्षण समाप्त हुआ। अध्यापिकायें सभी उत्तम योग्यता की हैं। साथिन वीरा जिस प्रकार कन्याओं के लिए आदर्श

हैं, वैसे ही बालकों के लिए सच्ची निर्माता माता हैं। सब देखकर प्रायः तीन बजे हम लोग अतिथि विश्राम को लौट आये। कल के लिए बाल-कक्षा का देखना तय पाया। इसके बाद बहुत देर तक विद्यालय के दो शताब्दियों के इतिहास के बारे में वार्तालाप होता रहा।

शिक्षा-पद्धति : बाल-कक्षा

आज़ सबेरे ट्राम पर सवार हो, हम लोग बाल-कक्षा की ओर चले। यह और भी दूर, अर्थात् दो कोस पर थी। पहले कहे अनुसार बाल-कक्षा 8 वर्ष की अर्थात् 6 से 14 तक की है। इसमें दो-दो वर्ष की उपकक्षाएँ बनाई गई हैं, जिनके लिए पृथक्-पृथक् निवासोद्यान हैं। बाल-कक्षा में संक्षेप से साहित्य, गणित, भूगोल, व्याकरण, संगीत, आलेख्य, कृषि, गोरक्षा आदि विषय हैं। किन्तु यह सभी प्रत्येक छात्र को पढ़ना आवश्यक नहीं है। विद्याओं की ओर प्रलोभन-द्वारा प्रवृत्ति कराकर जिधर बालक का स्वाभाविक रुझान नहीं देखा जाता, उधर बल नहीं दिया जाता। उदाहरणार्थ इस श्रेणी में प्रविष्ट हो, तीसरे से पाँचवें वर्ष तक प्रत्येक बालक को संस्कृत आदि किसी भाषा के सिखाने की प्रथा है। इन भाषाओं के सिखाने का वातावरण इस प्रकार का बनाया गया है, (यह पहले सूचित किया गया है) जहाँ बालक को छोटे शिशुओं की भाँति भाषा सीखने की अनुकूलता रहती है। जबर्दस्ती मस्तिष्क पर लादने का प्रयत्न नहीं किया जाता। किन्तु देखने पर जब मालूम हो जाता है, कि बालक की उधर रुचि नहीं है, तो फिर बल नहीं दिया जाता। बाल-कक्षा में दाखिल होने के साथ ही बालकों को उनके नित्य-कृत्य बतला दिये जाते हैं।

बाल-कक्षा में पहुँचते ही वहाँ भी अध्यापक-अध्यापिका वर्ग तथा विद्यार्थी-समाज की ओर से हमारा स्वागत हुआ। सब बालक-बालिका

श्रेणी से खड़े थे। पोशाक सब की जाँघिया और कुर्ता था। जाड़े में सिर ढाँकने के लिए गर्म वस्त्र एवं जूता-मोजा भी मिलता है। एक-एक उपकक्षा का एक-एक गाँव बसा हुआ है, जहाँ भोजनालय, संस्थागार के अतिरिक्त भंडार भी रहता है। यहाँ भी तैरकर नहाने का कुंड है तथा अखाड़ों और खेलों के मैदानों का पूरा प्रबन्ध है। मकान तीन महल हैं। ऊपर जाने के लिए बिजली का झूला है। लिखने-पढ़ने, प्रकाश, पुस्तक रखने आदि सबका प्रबन्ध है। निद्रा से उठकर शौचादि जाना पाँच ही बजे होता है। स्नान आदि से निवृत्त होकर बालक कलेवा करते हैं। भोजन के लिए जो चार समय नियत हैं, वही बाल-कक्षा के लिए भी हैं—शिशु-कक्षा की भांति छः बार नहीं। अध्यापन के लिए यहाँ पृथक् पाठशाला है। बैठने के लिए बेंचें हैं।

यद्यपि बाल-कक्षा से नियमानुसार पढ़ाई शुरू होती है, तो भी विषय को रुचिकर बनाने की ओर खूब ध्यान रहता है। इस समय मनोहर भाषा में लिखी पुस्तकों, नाटकों और बायस्कोपों द्वारा इतिहास की शिक्षा को भी जारी रक्खा जाता है। नाटकों का बालक स्वयं अभिनय करते हैं। विज्ञान और ज्योतिष-सम्बन्धी जिज्ञासाओं की पूर्ति के लिए उत्कंठा होने पर दूरवीक्षण, एवं प्रयोगशालाओं का भी सहारा लिया जाता है। कृषि, गो-रक्षा आदि विद्यायें क्रियात्मक ही अधिकतर सिखाई जाती हैं, जिसके लिए खेत तथा गोशाला आदि का प्रबन्ध है। बाल-कक्षा के प्रथम दो वर्षों को समाप्त कर विद्यार्थियों को सार्वभौमी भाषा की शिक्षा दो वर्ष तक दी जाती है। इस समय और विषय पूर्ववत् ही मातृभाषा में चलते रहते हैं। सिर्फ बालकों का निवास सार्वभौमी छात्रावास में होता है, जहाँ सब लोग केवल वही भाषा बोलते हैं।

यह सार्वभौमी भाषा क्या है? एस्पेरेंटो भाषा का और भी परिमार्जित रूप है। एस्पेरेंटो में प्रयुक्त होनेवाली आर्टिकल्स (Articles) को उड़ा दिया गया। बिल्कुल पन्द्रह नियमों में इसका सारा व्याकरण समाप्त होता है। लिंग, विभक्ति, प्रत्यय में अटल नियम हैं, जिनका अपवाद कहीं नहीं होता।

जैसे वचन दो ही हैं—एकवचन, बहुवचन। लिंग तीनों हैं, किन्तु निर्जीव पदार्थों में सभी के लिए नपुंसक लिंग का प्रयोग होता है। स्त्रीलिंग वाले सभी शब्द आ, ई, ऊ, अन्त वाले होते हैं तथा केवल सजीव ही के लिए प्रयुक्त होते हैं। ऐसे ही अन्य स्वर अन्त वाले शब्द सजीव के आने पर पुल्लिंग होते हैं। क्रिया रूपों के लिए सीधे-सीधे चार काल हैं, अर्थात् भूत, भविष्य, वर्तमान और आज्ञा। वचन यहाँ भी दो हैं। बाकी पुरुष ज्यों-के-त्यों हैं। धातुओं का चुनाव खासतौर से हुआ है। पहले पाली, प्राकृत जेन्द, और संस्कृत भाषाओं में जो धातु एक-से हैं, उन्हें छाँट लिया गया है, अब इन धातुओं से ग्रीक, लैटिन एवं ट्यूटानिक (Teutonic), रोमन (Roman), स्लाव (Slav) और केल्टिक (Celtic) भाषाओं की धातुओं से तुलना करके जो धातु बहुत-सी भाषाओं में सम्मिलित हैं, उन्हें चुन लिया गया है। सार्वभौमी में इन्हीं धातुओं से बने शब्दों और क्रियाओं को लिया गया है। वैज्ञानिक शब्द जो अब तक यूरोपीय भाषाओं में प्रचलित थे, वही स्वीकार कर लिए गए हैं, केवल उनके अन्त में उनके लिंग के अनुसार प्रत्यय लगा दिये गए हैं। अपने जीवन में राष्ट्रीय आवश्यकता या भ्रमण आदि के लिए इस भाषा की बड़ी आवश्यकता है। इसलिए बाल-कक्षा में नवें और दसवें वर्ष में इसकी शिक्षा अनिवार्य-सी है। सार्वभौमी छात्रावास में जाने पर मुझे सभी बालक उसी में वार्तालाप करते मिले। उस समय दसवें वर्षवालों ने मेरे आने के उपलक्ष में अपनी प्रसन्नता इसी भाषा में प्रकट की। जिसके बहुत से शब्द मुझे समझ में आने लगे थे।

लोगों ने बतलाया, यह भाषा भूमंडलवासियों की प्रायः सभी मातृ-भाषाओं का पूर्ण बीज रखने से सभी के लिए आसान है। चीन, जापान, स्याम, तिब्बत, बर्मा आदि देशों में भी इसका खूब प्रचार है। ××× भारत में सभी जगह भारती भाषा इस समय मातृभाषा है। पेशावर से बगदाद तक बोली जानेवाली फारसी भी इसके कुल की है। यूरोप की भाषाओं की भी वही दशा है, जिनका प्रचार यूरोप ही नहीं, अफ्रीका, अमेरिका, आस्ट्रेलिया तथा भूमंडल के अन्य द्वीपों में है।

यह पहले कहा जा चुका है कि आजकल की शिक्षा प्रणाली का मूल सूत्र है बालक की स्वाभाविक जिज्ञासा रखनेवाली बुद्धि को उसकी अभीष्ट-प्राप्ति में मदद पहुँचाना। इसीलिए परीक्षा करके जिस ओर बालक की स्वाभाविक रुचि होती है, उधर ही उसकी शिक्षा का मार्ग खोला जाता है। दो शताब्दियों के अनुभव ने बतला दिया है कि यही वास्तविक शिक्षा है। जबर्दस्ती ठोंक-पीटकर वैद्यराज बनानेवाले विचार ने अनेक स्थानों पर बाधा पहुँचाई थी। पुराने समय के लोग भी खूब थे—खासकर 20वीं शताब्दी के। जिस प्रकार माता-पिता पुत्र की इच्छा और उद्देश्य को देखे बिना बालकपन ही में उसका जोड़ा उसके गले बाँधते थे, वैसे ही यह भी निश्चय कर डालते थे कि मेरा लड़का वकील होगा, मेरा डाक्टर इत्यादि। फल इसका यह होता था कि कितनी ही बार बालक को अपनी विद्या, रोचक कौन कहे, क्वीनैन की गोली से भी कड़वी मालूम होती थी और उसका कोई सुपरिणाम न होता था। किन्तु अब मामूली शिष्टाचार और लोक व्यवहार का उपयोगी ज्ञान तो बालकों को देखते-देखते और सुनते-सुनते हो जाता है और विद्या की बात उनकी प्रवृत्ति पर आरम्भ होती है। इस प्रकार गणित और ज्योतिष की ओर प्रवृत्ति रखनेवाले बालक उतने ज्ञान का बाल-कक्षा ही में सम्पादन कर लेते हैं, जितना बीसवीं शताब्दी के उस विषय के एम. ए. भी नहीं जानते थे। अंकगणित, रेखागणित, बीजगणित, त्रिकोणमिति, अक्षमिति, चलन-कलन आदि सभी गणित की शाखाओं में उनका पूरा अधिकार हो जाता है। वह अपने पाठ्य-विषय में नित्य नवीन उत्सुकता और उत्साह के साथ संलग्न रहते हैं। उनका पठित विषय बहुत कुछ उपस्थित रहता है। साधारण ज्योतिष की शिक्षा तो उनकी प्रथम ही से आरम्भ रहती है। अपने अगले मार्ग में जहाँ-जहाँ जिस-जिस गणित की आवश्यकता प्रतीत होती है, उधर बड़े आनन्द से वह प्रवृत्त होते हैं। साहित्य, भाषा, इतिहास, भूगोल, विज्ञान आदि में भी यही बात है, यद्यपि कोई बालक इन विद्याओं के साधारण ज्ञान से भी सर्वथा अनभिज्ञ नहीं रहता। कारण, उसके नित्य के व्यवहार में, बातचीत में, संसर्ग में, उनकी आवश्यकता पड़ती है। भविष्य-जीवन में भी उनका साधारण ज्ञान अनिवार्य

मालूम होने से वे उधर भी थोड़ा-बहुत परिश्रम स्वयं कर डालते हैं; किन्तु प्रकृति के अनुकूल न होने से वह अधिक दूर तक उसमें नहीं जाते। बीसवीं शताब्दी में जैसे खास-खास ही पाठ्य पुस्तकें रख दी जाती थीं, वैसा अब नहीं है। कौन-सी पुस्तक अब पढ़ने को देनी चाहिए, यह उस अध्यापक की इच्छा पर निर्भर है, जो अपने विद्यार्थी की प्रकृति का बराबर निरीक्षण कर रहा है। समान प्रकृति वाले छात्रों की टोलियाँ बनी रहती हैं, जिनके लिए प्रकृत विषय का मर्मज्ञ अध्यापक रहता है। विद्या के लिए अपेक्षित सभी सामान मौजूद रहते हैं। इस प्रकार शिक्षा में आज की चाल आकाश-विमानों ही की भाँति तेज है।

बाल-कक्षा की सभी बस्तियों को हमने घूम-घूमकर देखा। सिर्फ इसी एक कक्षा के पाँच बड़े-बड़े ग्राम हैं। हर एक ग्राम में निवासियों की आवश्यकता के सभी सामान मौजूद रहते हैं। अन्यत्र जैसे मैंने सब जगह यह नियम-सा देखा था कि मकान कोठेवाले नहीं होते, यहाँ विद्यालय में सभी मकान तीन-महला, चार-महला से ऊपर ही के हैं।

विद्यार्थियों को पुस्तकें तथा अन्य सामान रखने के लिए अलग-अलग आलमारियाँ हैं। पढ़ने के लिए पृथक् पाठशाला का विशाल भवन है। खेलने-कूदने, लड़ने, तैरने आदि के बड़े-बड़े मैदान तथा तालाब हैं। बालकों का शरीर देखने ही से पता लगता है कि उनकी शारीरिक उन्नति पर कितना ध्यान दिया जाता है। सब बातों का पूरा निरीक्षण करके दोपहर का भोजन भी हमने यहीं ग्रहण किया।

चौदह वर्ष ही की अवस्था में बालिकाओं को इतना ज्ञान हो जाता है, जो कि 20वीं शताब्दी में पर्याप्त से भी कहीं अधिक कहा जाता। बालकों की अपेक्षा बालिकाएँ संगीत, आलेख्य, चिकित्सा और साहित्य में अधिक रुचि रखतीं तथा योग्य भी निकलती हैं। बालिकाओं की अवस्था देखकर बीसवीं शताब्दी के वे आदमी भी अपने विचार बदल डालते, जिन्हें कई निर्बलतायें स्त्री जाति में स्वाभाविक मालूम होती थीं। मुझे यहाँ के शिक्षण और योग्यता को देखकर निश्चय हो गया कि आजकल के मानव-जगत्

की बहुत-सी न्यामतें इसी की बदौलत हैं। एक ओर तो हजारों झगड़ों और आपत्तियों की जड़ पारस्परिक असमानता उठा दी गई और दूसरी ओर ऐसी सर्वगुण-भूषित शिक्षा; फिर क्यों न मनुष्यलोक पुराने ख्याली देवलोक से भी अच्छा हो जाए?

शिक्षा-पद्धति : तरुण-कक्षा

पूर्व क्रम ही से मैं नित्य विद्यालय के एक-दो विभागों का निरीक्षण करता रहा। और 12 दिन ऐसा करते रहने पर एक बार सरसरी तौर से सबको देख सका। शिशु-कक्षा और बाल-कक्षा की शिक्षा जिस प्रकार अनेक विषयों में होती (यद्यपि उसमें विद्यार्थी की स्वाभाविक प्रवृत्ति का पूरा ध्यान रखा जाता है) वैसा मिश्रशिक्षण तरुण-कक्षा में नहीं है। संसार के व्यवहारों को अच्छी तरह चलाने तथा मनुष्य की वैसी जिज्ञासा भी होने से, प्रथम दो कक्षाओं में कुछ सर्वतोमुखी-सी शिक्षा दी जाती हैं, किन्तु तरुण-कक्षा में शिक्षा पाने वालों के लिए अनेक विद्यालय हैं, जो विद्या की एक शाखा की शिक्षा देते हैं। विद्यार्थी अब केवल उसी विद्या का अध्ययन करता है, जिसकी ओर उसकी स्वाभाविक प्रवृत्ति है और जिसे उसने पिछले वर्षों में भी मुख्य तौर से, औरों को गौण रखते हुए, पढ़ा है। यद्यपि ऐसे बालकों की संख्या बहुत कम होती है, किन्तु हैं ऐसे भी विद्यार्थी, जो व्यवहारोपयोगी ज्ञान से इसलिए अनभिज्ञ रह जाते हैं, कि उनकी रुचि न होने से उधर उनको परिश्रम नहीं कराया जाता।

नालन्दा विद्यालय में पृथक्-पृथक् विषयों के पन्द्रह विद्यालय हैं, जो भाषा-पुरातत्त्व, ज्योतिष, दर्शन, विज्ञान, साहित्य, संगीत, आलेख्य, वास्तु (सिविल इंजीनियरिंग), आयुर्वेद, वनस्पति, प्राणि, कृषि, यांत्रिक एवं शिक्षण विद्यालय के नाम से प्रसिद्ध हैं। अध्यापक अपने-अपने विषय के पूर्ण ज्ञाता

हैं। भाषा पुरातत्त्व विद्यालयों में इतिहास की मौलिक सामग्री से परिचय एवं उसके एकत्रित करने का ढंग बतलाया जाता है। यह बीसवीं शताब्दी नहीं, बाईसवीं शताब्दी है। भूमि, बालू अथवा समुद्रों के नीचे पड़ी हुई सामग्रियाँ बहुतायत से इधर मिली हैं। अनेक पुरानी जातियों के धर्म, आचार-विचार तथा इतिहास पर इधर बहुत प्रकाश पड़ा है। भारत, मिस्र, असुर, कल्दान, ईरान, मेक्सिको, ब्राजील आदि अनेक देशों की प्राचीन सभ्यता की परिचायक अनेक सामग्रियाँ हाथ लगी हैं। राष्ट्र ने इन सामग्रियों के प्राप्त करने और सुरक्षित रखने में कोई कसर नहीं उठा रखी है। जहाँ प्राचीन खँडहरों को खोदने, चीजों की रक्षा के लिए सुरक्षित स्थान बनाने में लाखों आदमी काम कर रहे हैं, वहाँ हजारों विद्वान् दिन-रात उनके रहस्य के खोलने के लिए भी परिश्रम कर रहे हैं। भारत की प्राचीन सभ्यता और इतिहास के लिए मध्य-एशिया, तिब्बत, हिमालय, जावा, बाली, स्याम, सुमात्रा और लंका (सीलोन) तक छान मारा गया है। इस काम में नालन्दा विद्यालय का हाथ सबसे अधिक क्या, बिल्कुल के करीब है। पुरातत्त्व-विद्यालय के साथ यहाँ इतिहास की इन सामग्रियों का एक बड़ा भारी संग्रहालय है, इसमें प्राचीन भारत ही नहीं, असुर, मिस्र, मेक्सिको आदि देशों के इतिहास की सामग्री भी है। संसार के दूसरे संग्रहालयों में जो वस्तुएँ इस प्रकार की हैं, उनकी भी यहाँ प्रतिकृति रखी गई है। इसमें स्वयं नालन्दा-विद्यालय की भी पुरानी बहुत-सी वस्तुएँ एकत्रित की गई हैं। यहाँ की ऐतिहासिक सामग्रियाँ, जो पहले दूसरे संग्रहालय में चली गई थीं, वह भी अब यहाँ लौट आई हैं। संग्रहालय-भवन आठ तलों का, बड़ी दूर तक फैला हुआ है। भाषाओं की शिक्षा का नवीन ढंग ऐसा सरल निकला है कि जिससे और भी बहुत-सी कठिनाइयाँ दूर हो गई हैं। पुरातत्त्व और इतिहास के मौलिक जिज्ञासु विद्यार्थियों को पहले उनके अभीष्ट विभाग में अपेक्षित भाषाओं का ज्ञान कराया जाता है।

ज्योतिष-विद्यालय राजगृह में है। इसके साथ एक बहुत भारी वेधशाला है, जो वहाँ के 'बैभार गिरि' पर बनी है। बैभार गिरि की कायापलट हो गई

है। ऊपर जाने के लिए बहुत अच्छी सड़क है, जिसके अगल-बगल वृक्ष लगे हैं। वेधशाला में अनेक दूरवीक्षण यन्त्र हैं, जिनमें एक तो संसार के तीन सबसे बड़े दूरवीक्षणों में से है। जिसमें ग्रहों की साधारणतया देखी जानेवाली आकृति लाखों गुनी बड़ी दिखाई देती है। इसी प्रकार वर्णवीक्षण (Spectroscope) यन्त्र भी बहुत भारी ताकत का है। तार-रहित तार का यहाँ ही एक बड़ा अड्डा है। अब मंगल के विषय में बहुत अधिक ज्ञान हो गया है। वहाँ से ऐसे ही वार्तालाप होने लगा है, जैसा कि भूमंडल में एक जगह से दूसरी जगह पर। पहले एक दूसरे की भाषा समझने में कठिनाई हुई थी, किन्तु अब वह भी जाती रही। यद्यपि दिन-प्रति-दिन वृष्टि और जल की कमी हो जाने एवं मंगलगर्भीय उष्णता—जीवन-शक्ति—का ह्रास हो जाने से वहाँ के लोग चिन्तित हैं, तो भी उन्होंने इसके लिए बहुत-सा उपाय किया है। जहाँ एक ओर नहरों का जाल-सा बिछा दिया है, वहाँ अपने यहाँ की जनवृद्धि को भी रोक दिया है—रोक ही नहीं, बल्कि कम करना आरम्भ किया है। यद्यपि लोग भी इसके प्रयत्न में हैं, कि इसी नये ग्रह में जाएँ, किन्तु अभी तक इसका कोई उपाय नहीं सूझा है। भूमंडल के लोग भी, उनकी कठिनाइयों को देखकर चुप नहीं हैं। वह भी इसका हल ढूँढ़ रहे हैं। कोई-कोई इस बात की भविष्यवाणी भी करने लगे हैं, कि वह समय समीप है, जब कि मनुष्य एक ग्रह से दूसरे ग्रह में जा सकेंगे। यदि ऐसा हो सका, तो हमारा अपने रहन-सहन का संसार तथा भाई-बन्धुपन और भी बढ़ जाएगा। एक-एक ग्रह के ठंडा होने पर लोग पहले ही से दूसरे ग्रह में चले जा सकेंगे। बैभारगिरि पर वेधशाला के काम ही के लिए दूर तक मकान बन गए हैं। पानी और बिजली का ऊपर ही खूब अच्छा प्रबन्ध हो जाने से वह और भी अधिक आनन्द का स्थान हो गया है।

दर्शन-विद्यालय यहाँ से दो कोस पीछे की ओर है। यहाँ भारतीय सेश्वर -निरीश्वर दर्शन ही नहीं, भूमंडल भर के दार्शनिक विचारों का अध्ययनाध्यापन होता है। आचार्य वसिष्ठ इस विषय के स्वयं अपूर्व विद्वान् हैं। उनका बहुत समय इसी के पठन-पाठन में व्यतीत होता है। सभी विद्यालय एक दूसरे से दूर-दूर पर हैं। उनके बीच में या तो मैदान हैं, या आम-लीची आदि फलों के

कोसों लम्बे बाग। सभी विद्यालय पुस्तकालयों तथा अपेक्षित अन्य सामग्रियों से युक्त हैं। जहाँ विज्ञान-विद्यालय रसायनशाला तथा प्रयोगशाला से सुसज्जित हैं; वहाँ वनस्पति और प्राणि-शास्त्र के विद्यालयों के साथ बड़े-बड़े वनस्पतियों, उद्यान एवं प्राणि संग्रहालय हैं। इस प्रकार सभी विद्यालय सांगोपांग विद्या-वितरण कर रहे हैं। उनके पास ही में उन-उन विद्यालयों में छात्रावास हैं। छात्रावास क्या हैं, एक-एक ग्राम हैं। बालकों और बालिकाओं के छात्रावास तथा विद्यालय इकट्ठे ही हैं। स्त्री-पुरुष का भेद ही उठा-सा दिया गया है।

विद्यालय की बस्तियों में भोजन बनानेवाले तथा स्वच्छता एवं मशीनों आदि के सुधार के लिए कुछ और लोग नियुक्त हैं, जिनके निवास-स्थान अलग बस्तियों में हैं। लड़कों के वस्त्र धोने एवं कपड़ा सीने के गाँव भी पृथक् हैं। इसी तरह गोपाल-ग्राम भी पास, किन्तु विद्यालय की सीमा के बाहर है। पुस्तकों के छापने के लिए जो 'नालन्दा प्रेस' पहले खोला गया था, अब उसका काम बहुत बढ़ गया है। भिन्न-भिन्न शास्त्रों के यहाँ से कई मासिक-पत्र निकलते हैं। नालन्दा के पुराने स्तूपों और इमारतों को पूरा सुरक्षित रक्खा गया है। भैरवजी के नाम से 20वीं शताब्दी के ग्राम्यजनों में प्रसिद्ध बुद्ध की मूर्ति पर अब एक बहुत अच्छी छतरी लग गई है। व्रह विशालकाय, सुन्दर, शांत मूर्ति अब और भी अधिक मनोहर मालूम होती है। उसके पास का बड़ा स्तूप अब नया-सा मालूम होता है। सूर्यनारायण और उसके पास का वह गाँव अब नहीं है।

विद्यालय की तरुण-कक्षा एवं विद्यालय की शिक्षा समाप्त कर और अधिक पढ़नेवाले विशेषज्ञों की श्रेणी में भारत से बाहर लंका, बर्मा, स्याम, जावा, चीन, जापान, तिब्बत आदि देशों के विद्यार्थी बहुत अधिक संख्या में हैं। इन देशों के आचार्यों में आजकल नालन्दा के शिक्षितों की काफी संख्या है। संसार में कोई विद्या नहीं, जिसकी उच्च शिक्षा विद्यालय न देता हो। ऐसे ही संसार का शायद ही कोई कोना होगा, जहाँ नालन्दा का छात्र न हो।

शासन-प्रणाली

नालन्दा में रहते हुए और कामों के साथ मैंने उचित समझा, कि आजकल की शासन-प्रणाली का भी ज्ञान प्राप्त करूँ। इस कार्य में उपाध्याय विश्वामित्र ने बड़ी सहायता की। अब तक के वर्णन से यह मालूम ही हुआ होगा, कि भूमंडल में सभी जगह अब समता का राज्य है। धर्म के नाम पर, ब्राह्मण-राजपूत-शेख-सय्यद जातियों के नाम पर, धन और प्रभुता के नाम पर, गोरे और काले के नाम पर जो अत्याचार पहले होते थे, कितनी ही मानव-सन्तानें दूसरों के पैरों के नीचे आजन्म कुचली जाती थीं, उन सबका अब नाम नहीं। अब मनुष्य मनुष्य बराबर हैं, स्त्री-पुरुष बराबर हैं। सभी जगह श्रम और भोग का समत्व मूल-मंत्र रखा गया है। न अब भूमंडल में जमींदार हैं, न सेठ-साहूकार हैं; न राजा हैं, न प्रजा, न धनी हैं, न निर्धन; न ऊँच है, न नीच। सारे भूमंडल के निवासियों का एक कुटुम्ब है। पृथ्वी की सभी स्थावर-जंगम सम्पत्ति उसी कुटुम्ब की सम्पत्ति है। दैनिक आवश्यकताओं की पूर्ति के लिए जिन-जिन पदार्थों की आवश्यकता है, उनके उत्पादन और संग्रह के लिए अपनी-अपनी योग्यतानुसार सभी सचेष्ट होते हैं। श्रम कम और उत्पत्ति अधिक होने के लिए कार्यों और श्रमों के बहुत से विभाग कर दिये गए हैं। बीसवीं शताब्दी के लोगों को आजकल का विभाग विचित्र-सा मालूम होता? अब तो जीवन की एक भी आवश्यक वस्तु शायद ही एक कोई गाँव, बिना

दूसरे की सहायता के, उत्पन्न करता हो। जहाँ पहले का एक ग्राम अनेक प्रकार के अनाज, साग तरकारियों के अतिरिक्त कितने ही छोटे-छोटे शिल्पों का भी व्यवसाय करता था, वहाँ आज का यह विचित्र गाँव है, जो आकार, संख्या और खर्च में उससे कई गुना बड़ा होने पर भी एक भी चीज पूरे तौर से पैदा नहीं करता। यदि गेहूँ पैदा करता है, तो आटा दूसरी जगह पीसा जाता है; यदि ऊख पैदा करता है, तो चीनी दूसरी जगह बनती है; यदि दूध पैदा करता है, तो घास-दाना दूसरी जगह से मँगाता है; यदि सिलाई करता है तो कपड़ा दूसरी जगह से मँगाना होता है; मशीनों की ढलाई-सुधराई तो खैर दूसरी जगह पहले भी होती थी। आज-कल का सारा मनुष्य-समाज जिस प्रकार की जीवन-सामग्रियों से परिपूर्ण है, उन सबके लिए यदि ऐसा न किया जाता, तो बहुत समय की आवश्यकता होती। आज जिस प्रकार कुल चार घंटे काम करके ही मनुष्य सारी आवश्यकताओं को प्राप्त कर बाकी बीस घंटे जीवन के अन्य आनन्दों के उपभोग में लगाता है, वैसा वह कब कर सकता था? यंत्रों का न उपयोग करते, तो इतना भोग प्राप्त करना असम्भव था, चाहे सारा समय उसी के लिए क्यों न समर्पण किया जाता। यंत्रों के उपयोग को भी अधिक लाभदायक बनाने के लिए यह श्रम-विभाग उपयुक्त सिद्ध हुआ है। ऐसे पहले भी श्रम-विभाग कुछ तो हुआ ही था, किन्तु आजकल के लोगों ने इस सूत्र को और भी विस्तृत अर्थ में प्रयोग किया है।

पहले शासनों में रचनात्मक कार्यों की अपेक्षा ध्वंसात्मक कार्यों ही की मात्रा अधिक थी। जब कभी लड़ाई छिड़ जाती, तब तो मानों इसका ज्वालामुखी फूट निकलता था।

इस विषय में और कहने से पूर्व उचित प्रतीत होता है, कि वर्तमान शासन-व्यवस्था के ढाँचे का कुछ जिक्र कर दिया जाए। सारे भूमंडल की शासन-व्यवस्था का मूल-ढाँचा ग्राम की शासन-व्यवस्था को समझिये। ग्राम-शासन सभा—या जिसे संक्षेप में ग्राम सभा कहते हैं—में अपनी जनसंख्या के अनुसार सैकड़ों पीछे एक पंच चुनने का अधिकार है। यदि किसी गाँव में पाँच हजार आदमी हैं, तो वहाँ की ग्राम सभा के पचास

सभासद होंगे। इस चुनाव में सम्मति देने तथा खड़ा होने के लिए उस ग्राम के प्रत्येक नर-नारी समान भाव से योग्य हैं, यदि कोई मानसिक अथवा शारीरिक असमर्थता इसमें बाधक न हो। यह सभासद फिर अपना सभापति या ग्रामणी, तथा ××× सोलह सभासदों की कार्य-कारिणी समिति बनाते हैं। ××× इसी कार्यकारिणी के हाथ में ग्राम की आवश्यकता और उत्पत्ति की देख-रेख तथा प्रबन्ध का भार रहता है। पहले एक बार कहा जा चुका है, कि ग्राम की प्रत्येक श्रेणी का एक नायक होता है। यह नायक सौ परिवारों द्वारा चुना जाता है, जिनमें अधिक-से-अधिक दो सौ व्यक्ति हो सकते हैं। दो सौ से कम इसलिए हो सकते हैं, कि शायद कुछ पुरुष-स्त्री अविवाहित हों। ग्राम-कार्यकारिणी समिति इन नायकों से अपना बहुत-सा कार्य कराती है। शान्ति-भंग तथा अन्य आवश्यक समय में यों तो सभी का कार्य शासन सभा की सहायता करना है, किन्तु इन नायकों का उस समय यह प्रधान कर्तव्य होता है। पूर्व-काल की पुलिस का कार्य इन्हीं के द्वारा लिया जाता है। किसी कार्य के कारण अनुपस्थित होने पर इनके स्थान पर ग्राम में सहायक नायक कार्य करते हैं। ग्राम के सभी व्यक्तियों को भिन्न-भिन्न कार्य पर नियुक्त करना ग्राम सभा की सम्मति-अनुसार कार्यकारिणी का काम है। यह आवश्यकतानुसार वैद्य, धाय, पुस्तकाध्यक्ष, भोजनाध्यक्ष, भंडारी आदि सभी विभागों के प्रमुखों को नियुक्त करती है। ग्राम सभा के एक बार के चुने सभासदों की अवधि अधिक-से-अधिक तीन वर्ष है। यही अवधि यहाँ से सार्वभौम सभा के सभासदों तक की है। किन्तु शिक्षा-सम्बन्धी संस्थाओं के लिए चुने गए व्यक्तियों के लिए यह नियम लागू नहीं है। इस प्रकार किसी शिक्षक को आजन्म अपने पद पर रहने का अधिकार है, यदि उसने जनता की दृष्टि में कोई अक्षम्य अपराध न किया हो।

ग्रामों के बाद बहुत-से ग्रामों को मिलाकर पहले तहसील या सब-डिवीजन सभाएँ तथा कहीं-कहीं थाना सभाएँ थीं। किन्तु उनको टूटे सौ वर्ष से ऊपर हो गए। ग्रामों के सुन्दर प्रबन्ध, बिजली की सवारी गाड़ियों तथा

टेलीफोनों का प्रति ग्राम में उत्तम प्रबन्ध होने से वस्तुतः जिला की दूरी अब तहसील ही के बराबर रह गई है। जिस प्रकार प्रत्येक सौ आदमियों पर एक आदमी ग्राम सभा का सभासद् चुना जाता है, वैसे ही बीस हजार पर एक आदमी जिला-शासन सभा का सभासद् चुना जाता है। जैसे पटना जिला में दस लाख आदमी रहते हैं और यहाँ की शासन-सभा में पचास सभासद् हैं। प्रत्येक पाँच सभासद् पर कार्यकारिणी का सभासद् चुना जाता है। इस प्रकार पटना जिला की कार्यकारिणी के दस सभासद् हैं जिनके हाथ में क्रमशः निम्न दस विभाग हैं—

1. शिक्षा;
2. स्वास्थ्य, जनसंख्या–सावधीकरण;
3. शान्ति-व्यवस्था, न्याय
4. अर्थ;
5. दूसरे जिलों तथा स्थानों से लेन-देन:
6. कृषि, शिल्प-व्यवसाय;
7. यंत्र-गृहादि-निर्माण और सुधार;
8. डाक, तार, रेल, विमान:
9. पुरातत्त्व-इतिहास-संरक्षण;
10. प्रेस।

चुनाव होने से पहले जिला की ग्राम-सभाएँ तथा जन-साधारण-द्वारा उम्मीदवारों के नाम आते हैं, जिन्हें जन-साधारण की अभिज्ञता और विचार के लिए चुनाव-तिथि से पूर्व ही प्रकाशित कर दिया जाता है। पीछे उनके विषय में प्रत्येक ग्राम में एक ही दिन, एक समय वोट लिया जाता है। फिर बहु-सम्मति से निर्वाचित पुरुषों तथा स्त्रियों का नाम प्रकाशित कर दिया जाता है। किसी प्रकार अयोग्य सिद्ध होने पर उस सभासद् को स्थान से च्युत करने का अधिकार उसके निर्वाचकों को है। एक सभासद् के निर्वाचन का हल्का पृथक्-पृथक् होता है। पटना में ऐसे-ऐसे पचास हल्के हैं। जिले का जिस जगह सदर रहता है, वहाँ के लोगों का प्रधान काम जिला-शासन-सम्बन्धी

कार्यों का करना है। लिखने-छापने आदि का काम, पुराने कागज-पत्रों को सुरक्षित रखने का काम, शासन के अनेक विभागों के काम सभी वहीं पर होते हैं। यद्यपि प्रति तीसरे वर्ष जिला-शासन सभा के सभासदों का परिवर्तन हो जाता है, किन्तु भिन्न-भिन्न विभागों के दफ्तरों के कार्यकर्ता, तथा अन्य कार्य-निर्वाहक पूर्ववत् ही बने रहते हैं। कार्य-कारिणी के सभासद् अपनी अवधि भर जिला के प्रधान स्थान पर निवास करते हैं।

जिला के विभागों में प्रथम, द्वितीय का कार्य तो नाम ही से स्पष्ट है। शान्ति-व्यवस्था, न्याय-विभाग, शान्ति-स्थापन, अदालत और अपराधियों को उचित दंड और सुधार का काम करता है। किसी की व्यक्तिगत कोई सम्मति न होने से अब तो दीवानी का शब्द ही उठ गया है। इसलिए कचहरी कहने से सिर्फ फौजदारी कचहरी ही समझना चाहिए। जैसे संसार से और दुकानें उठ गईं, वैसे ही गवर्नमेंट की स्टाम्पफरोशी, अमलों की पान-सुपाड़ी, वकीलों का मेहनताना भी उठ गया। उन्नीसवीं-बीसवीं शताब्दी के इस प्रतिष्ठित पेशे का तो एकदम ही पता नहीं है। अदालत का कमरा खुला हॉल है, जिसमें न्यूनातिन्यून दो विद्वान् वृद्ध अनुभवी जज बैठते हैं। प्रत्येक अभियोग अपने ग्राम की न्याय पंचायत–जो ग्राम सभा द्वारा संगठित की गई एक समिति होती है—से होकर आता है, जिसमें या तो ग्राम सभा अपना फैसला दे दिये रहती है, या आरम्भिक अनुसन्धान के बाद जिला की अदालत में भेज देती है। वादी, प्रतिवादी गवाह सभी होते हैं। न्यायाधीश स्वयं हर बात की गहराई तक पहुँचने का प्रयत्न करते हैं। अभियोगों की संख्या बहुत ही कम होती है, इसलिए कचहरियों की चहल-पहल नहीं है। मुकदमे अपमान, मार-पीट अथवा खून इन्हीं तीन दफाओं में खत्म हो जाते हैं। फाँसी या प्राण-दंड की सजा ही अब एकदम उठा दी गई है, उसके स्थान पर अपराधियों को किसी टापू में मनुष्य-समाज के आनन्द से वंचित करके रखा जाता है, जहाँ उसके भली प्रकार इलाज, शिक्षण आदि का प्रबन्ध होता है। किन्तु जब यह सिद्ध हो जाता है कि अब उसके स्वभाव में परिवर्तन हो गया, अब वह समाज के लिए खतरनाक नहीं है, तो फिर उसे छोड़ दिया जाता है। दूसरे अपराधों

के बन्दियों के लिए प्रत्येक प्रान्त को एक जेल रखना पड़ता है, जहाँ उन्हें रखकर सुधारा जाता है।

पाँचवें विभाग द्वारा जिला में उत्पन्न वस्तुएँ आवश्यकता वाले बाहरी स्थानों में भेजी जाती हैं, और दूसरे जिला तथा प्रान्त आदि से आवश्यक वस्तुएँ मँगाई जाती हैं। यह मानों जिला के भीतर और बाहर वस्तुओं के बदलने का द्वार है। बाकी दूसरे विभाग नाम ही से स्पष्ट हैं।

कई जिलों के ऊपर प्रान्तीय शासन-सभा होती हैं। प्रत्येक दो लाख मनुष्यों पर इसका एक सभासद् चुना जाता है। निर्वाचन से पूर्व नामजद करने का तरीका नीचे से ऊपर तक एक-सा ही है। बिहार में दो करोड़ स्त्री-पुरुष सम्मति देनेवाले हैं। इस प्रकार प्रान्तीय-सभा में यहाँ एक सौ सभासद् हैं। इसकी कार्य-कारिणी में भी पूर्ववत् दस विभागों में दस सभासद् या मन्त्री हैं। इनके कार्य भी पूर्ववत ही हैं किन्तु क्षेत्र विस्तृत है। प्रान्त का न्यायालय अपील का अन्तिम स्थान है। यहाँ भी कार्यकारिणी के सभासदों तथा सभापति का प्रान्त के मुख्य स्थान में अपनी अवधि भर रहने का नियम है। अन्य सभासद् केवल सभा की बैठकों के समय में ही आते हैं।

प्रान्तों के ऊपर देश-सभा है। इसके लिए प्रति दस लक्ष एक पर प्रतिनिधि चुना जाता है। भारत में इस समय बीस करोड़ सम्मतिदाता स्त्री-पुरुष रहते हैं, बाकी पाँच करोड़ बीस वर्ष से कम तथा विद्यार्थी-अवस्था में हैं। भारत-शासन की कार्य-कारिणी में भी वैसे ही दस आदमी कार्य-कारिणी के सभासद् होते हैं, जिन्हें अवधि-भर दिल्ली ही में रहना होता है। किन्तु दो शताब्दी पूर्व के समान शिमला-निवास इन बेचारों के भाग्य में नहीं है। विभाग पूर्ववत् ही हैं, कार्य-क्षेत्र विस्तृत है।

इसके ऊपर सार्वभौम सभा है, जिसके लिए पचास लाख पर एक सभासद् चुना जाता है। इस समय भूमंडल की मनुष्य-गणना एक अरब अट्ठासी करोड़ है, जिसमें अड़तीस करोड़ तो विद्यार्थी आदि हैं, बाकी डेढ़ अरब स्त्री-पुरुष सम्मतिदाता हैं। सार्वभौम सभा के तीन सौ सभासदों में से चालीस भारत भेजता है। सार्वभौम की कार्यकारिणी में पन्द्रह सचिव हैं, सार्वभौम सभा के

सभापति को राष्ट्रपति कहते हैं। सार्वभौम सभा का स्थान दक्षिणी अमेरिका के ब्राजील देश की नारंग नदी के किनारे ठीक भूमध्य-रेखा पर है। यहाँ ही की अक्षांश-रेखा शून्य मानी जाती है। इस नगर का नाम सार्वभौम नगर है। इसे बसे आज सौ वर्ष हो गए। जिस दिन सार्वभौम शासन स्थापित हुआ, उसी दिन एक सार्वभौम संवत् भी चलाया गया। आजकल संवत् 101 चल रहा है। सार्वभौम सभा के सभासदों की यात्रा वायुयानों द्वारा हुआ करती है। राष्ट्रपति तथा कार्यकारिणी के सभासद् अथवा सचिव अपनी अवधि भर सार्वभौम नगर में रहते हैं। सार्वभौम सभा की कार्यवाही सार्वभौमी भाषा में होती है। सार्वभौम नगर में पचास सहस्त्र स्त्री-पुरुष रहते हैं। इनमें सभी देशों के आदमी हैं, जो भिन्न-भिन्न विभागों के दफ्तरों तथा अन्य कार्यों में नियुक्त हैं। सार्वभौम सचिवों के हाथ में निम्न विभाग हैं—

1. शिक्षा
2. स्वास्थ्य
3. शान्ति-व्यवस्था
4. अर्थ
5. लेन-देन, परिवर्तन
6. कृषि
7. शिल्प-व्यवसाय
8. यंत्र
9. गृह-पथ निर्माण आदि
10. डाक-तार
11. यान-विमान
12. मुद्रण
13. जनसंख्या-नियंत्रण
14. पुरातत्त्व-संग्रहालय
15. रेकर्ड-इतिहास

मनुष्य-गणना को अधिक बढ़ने न देने का पिछली दो शताब्दियों में

बहुत प्रयत्न हुआ है और उसमें पूर्ण सफलता हुई है। इस विभाग का सम्बन्ध ऊपर से ग्राम तक है। प्रत्येक दसवें साल मनुष्य-गणना तो होती ही है, इसके अतिरिक्त, जहाँ दो मास से ऊपर का गर्भ हुआ, उसकी सूचना और गणना भी इस विभाग द्वारा बराबर पत्रों में निकलती रहती है। दो उद्देश्यों को लेकर यह विभाग कायम हुआ था। जनसंख्या की वृद्धि को रोकना, और चिर-रोगी, राजरोगी-द्वारा सन्तान न उत्पन्न होने देना। दोनों ही उद्देश्यों को इसने पूर्ण किया है। आजकल तो एक भी कुष्ट, मृगी, उपदंश, बवासीर आदि रोगों वाले आदमी नहीं मिलते, उसका कारण उक्त प्रयत्न ही है। ऐसी छूत की बीमारियों वाले रोगियों को साधारण जन-समाज से पहले अलग करके आराम के साथ रखने तथा उनकी चिकित्सा का भी पूर्ण प्रबन्ध किया जाता है। इस प्रकार उन्हें अपने संसर्ग से रोग फैलाने का मौका नहीं दिया जाता। दूसरे, आगे सन्तान न हो, इसके लिए उनकी जनन-शक्ति को विशेष निर्धारित उपायों से नष्ट कर दिया जाता है। इस प्रकार मनुष्य-जाति के चिर-शत्रु इन बीमारियों का उन्मूलन किया गया है। इतने पर भी देखा गया, कि यदि कोई रुकावट न डाली गई, तो मनुष्य-संख्या बेतहाशा बढ़ती ही जा रही है। विशेषज्ञों की समिति ने पृथ्वी की औसत वार्षिक आमदनी निकाल बतलाई। मालूम हुआ, इससे पौने दो अरब से कुछ ही अधिक आदमी सानन्द जीवन व्यतीत कर सकेंगे। फिर क्या था? यह भी हिसाब से मालूम हो गया कि इतनी पैदाइश में इतने तो मरनेवालों की जगह पूरा करते हैं। बाकी इतने केवल वृद्धि करते हैं। यदि प्रत्येक विवाहित दम्पती दो या तीन सन्तान ही उत्पन्न करें, तो यह वृद्धि रोकी जा सकती है। इस पर फिर वही जनन-शक्ति नाश करने की प्रक्रिया का प्रयोग किया गया। प्रत्येक स्त्री-पुरुष के बुढ़ापे के आराम का जिम्मा तो अब राष्ट्र पर है, इसलिए सन्तान उत्पन्न करने की बड़ी लालसा तो ऐसे भी कम हो गई है। और उक्त प्रक्रिया से केवल जनन शक्ति मात्र ही का ह्रास होता है, बाकी सब तो पूर्ववत् ही रहता है। इसे इसलिए लोग स्वयं पसन्द करते हैं। पहले अनेक पुरुष इसके विरोधी थे। उनका कहना था कि वृद्धि तो अवश्य रोकी जानी चाहिए, किन्तु कृत्रिम

उपाय से नहीं, संयम-नियम से। दूसरे विचारवालों का कहना था कि यह संयम इतना सरल कार्य नहीं, जिसे राष्ट्र के सभी जन पालन कर सकें। जब यह बात है, तो इस पर ढील देना एक प्रकार से जनवृद्धि को ही पुष्ट करना है। राष्ट्र इस मृगतृष्णा के भरोसे अपनी आवश्यकता को पूर्ण करने से नहीं रुका रह सकता। अस्तु, इसका फल अब यह हो गया कि और कामों की भाँति जनसंख्या का घटाना-बढ़ाना भी राष्ट्र-कर्णधारों के हाथ में वैसे ही है, जैसे बिजली-बत्ती का जलाना और बुझाना।

नालन्दा से प्रस्थान

नालन्दा में पूरे एक पखवारे तक निवास करने के बाद मैंने अपनी अगली यात्रा आरम्भ की। विश्वामित्र को वर्तमान और भूत जगत् का पूर्ण परिचय था, और वह मेरे भी पूर्ण परिचित हो गए थे। इसलिए मैंने अपनी यात्रा में उन्हें ही अपना साथी चुना। उन्होंने भी बड़ी प्रसन्नता-पूर्वक इसे स्वीकार किया। आते समय यद्यपि पटना पड़ा था; किन्तु रात्रि का समय था, हम लोग वहाँ उतर न सकते थे, इसलिए उसके बारे में कुछ न जान सके। अब अपनी यात्रा में नालन्दा से प्रथम पटना ही चलना निश्चित हुआ। यात्रा दिन में की गई, इसलिए मार्ग की भूमि के दृश्य भी खूब दिखाई पड़ते थे। विश्वामित्र इधर के गाँव-गाँव से परिचित थे। वह बीच-बीच में गाँवों के बारे में बहुत-कुछ बतलाते जाते थे। नालन्दा से पटना साधारण ट्रेन द्वारा दो घंटे का रास्ता है। रास्ते में आमों के बाग बहुत देखने में आयें। मैंने विश्वामित्र से कहा, कि पटना के मालदह, लँगड़ा आम पहले भी बहुत मशहूर थे। उन्होंने बतलाया, अब आकार और स्वाद, दोनों में और भी उन्नति हुई है। यहाँ के आम सुमेरु (उत्तरी ध्रुव) से कुमेरु (दक्षिणी ध्रुव) तक पृथ्वी में चारों ओर भेजे जाते हैं। विदेह, मगध और अंग, तीनों ही खंड संसार के आमों और लीचियों के बगीचे हैं। इनकी अधिक भूमि तथा निवासियों का अधिक अंश इन्हीं की खेती में लगा रहता है। तारीफ यह है, कि अब यह दोनों ही फल बारह मास तैयार होते रहते हैं,

हर वक्त हजारों रेलगाड़ियाँ इनसे लदी, बर्फ से सुरक्षित, एशिया और यूरोप के भिन्न-भिन्न भागों में दौड़ती रहती हैं। रेलों का जाल तो एक में एक लगा, आस्ट्रेलिया तथा और द्वीप-समूहों को छोड़, सारे भूमंडल में बिछा हुआ है। काठमाण्डव (नेपाल), दार्जिलिंग और सदिया इन तीनों रास्तों से हिमालय को पार कर रेल तिब्बत में घुसी है। तिब्बत में बहुत दूर तक रेल है। अब तिब्बती लोगों में वह मलिनता नहीं रही। वह क्या, अब तो भूमंडल कोई भी मनुष्य-पुत्र स्वच्छता, सभ्यता के मानव-गुणों से वंचित नहीं है। सभी के लिए शिक्षा और सुख-सामग्री आवश्यकतानुसार वितरण की जाती है। तिब्बत से मंगोलिया में ताँता बिछाती रेलवे लाइन अल्ताई पर्वत को पार कर साइबेरिया पहुँच जाती है। मंगोलिया से मंचूरिया और चीन के भिन्न-भिन्न प्रदेशों में रेलें गई हैं और फिर वह युन्नान् होती यनाम स्याम और बर्मा में फैल गई हैं। बर्मा का सम्बन्ध फिर रेलों से चटगाँव और आसाम प्रान्त से हो गया है। यही नहीं, बर्मा से मलाया होते। समुद्र में सुरंग से सिंगापुर और सुमात्रा को भी मिला दिया गया है।

तिब्बत से पश्चिम की ओर तुर्किस्तान के यारकन्द, काशगर होती ताशकन्द, समरकन्द, फिर अफगानिस्तान, ईरान, तुर्की और अरब में रेलों का जाल बिछा है। ऊराल पर्वत को कितने ही स्थानों पर पार कर रेलें रूस में घुसी हैं। इधर कुस्तुन्तुनिया में समुद्रों पर सुरंग बना, एशिया और यूरोप मिला दिये गए हैं। फ्रांस और इंग्लैण्ड के बीच में भी समुद्र में सुरंग वाली रेल लाइनें बिछी हैं। स्वेज नहर की सुरंगवाली रेल से एशिया-अफ्रीका जोड़ दिये गए हैं। अफ्रीका में भी सब जगह रेलों का जाल है। इधर पिछली शताब्दियों में 'सहरा' की बालुकामय भूमि को अपार जल-राशि से भर कर एक समुद्र तथा उसके आस-पास लाखों मील की मरुभूमि को हरी-भरी कर देना एक बड़ा आश्चर्यमय कार्य हुआ है। अफ्रीका की जनसंख्या भी पहले से बहुत बढ़ गई है। आधा यूरोप वहाँ पहुँच गया है, इसके अतिरिक्त एशिया के भी बहुत से आदमी वहाँ चले गए हैं। किन्तु अब वह पुराना वर्ण-भेद और देश-भेद नहीं। सब एक कुटुम्ब की भाँति रहते हैं। हब्शी, यूरोपियन, एशियाई सभी

शिक्षा-दीक्षा आदि में समान हैं और रंग आदि में भी समान होते जा रहे हैं।

इस प्रकार तो रेल-मार्ग पूर्वीय गोलार्द्ध में बिछा हुआ है। साइबेरिया से बेरिंग समुद्र-स्रोत को सुरंग-द्वार पार करती हुई गाड़ी उत्तरीय अमेरिका के अलास्का प्रान्त में पहुँच जाती है। फिर तो कनाडा, संयुक्तराष्ट्र, मेक्सिको होती, पनामा नहर को सुरंग से पार करती हुई गाड़ियाँ दक्षिणी अमेरिका में घुस जाती हैं, और कोलम्बिया, पेरु, ब्राजील, बोलिविया, चिली, अर्जण्टाइन, उरुगाय, पटगोनिया आदि सभी खंडों में फैली हुई हैं।

यद्यपि इस प्रकार पृथ्वी का अधिक भाग क्या, आस्ट्रेलिया और अन्य छोटे टापुओं तथा जापान को छोड़ सभी भू-प्रदेश रेलों से जोड़ दिया गया है, किन्तु आसानी के साथ जहाज भी चीजों के पहुँचाने में बड़ा काम करते हैं। इनके अतिरिक्त दूर-दूर की यात्राएँ वायुयानों ही द्वारा होती हैं। मुख्य उत्तरीय और दक्षिणीय ध्रुवों पर बस्ती हो गई है, जहाँ गर्मी या छः महीने वाले दिन में लोग रहते हैं। ज्योतिष-शास्त्र के विशेषज्ञ तथा भौतिक तत्त्ववेता वहाँ अधिक जुटते हैं। यात्रा वायुयान द्वारा होती है। आजकल के लोग स्काट के आत्म-बलिदान की कथाएँ भले ही पढ़ लें, किन्तु क्या उस समय की कठिनाइयों का ठीक अनुमान वे कर सकते हैं?

मगध और पटना की यात्रा करते, बीच में प्रसंग-वश यह भी बातें आ गईं। इसके कारण मगध के आम और लीची ही हैं। इन लगातार आम और लीची के बागों में गुजरते हम लोग आखिर पटना पहुँच ही गए। सूचना पहले से पहुँच गई थी। मगध-शासन-सभा के सभापति साथी यूसुफ कतिपय अन्य सभासदों के साथ स्टेशन पर ही स्वागत के लिए आए थे। स्वागत के बारे में एक ही बार लिख देना चाहता हूँ कि प्रत्येक स्थानवालों ने एक दूसरे से बाजी मार ले जाने का प्रयत्न किया। जब मैंने नगर देखा तो मालूम हुआ कि पाटलीपुत्र तो अलग रहा, पटना का भी वह पूर्ववाला आकार बिल्कुल उलट-पलट गया है। सारे पटना शहर में केवल पन्द्रह हजार आदमी रहते हैं। अब उन तंग गलियों और सड़कों का नामनिशान नहीं, न उन चौतल्ले-तितल्ले मकानों ही का कुछ पता है। सभी रहने के

मकान ग्रामों की तरह हैं। फुलवाड़ी और वृक्षों का भी वैसा ही शौक है। इससे जिस जगह पहले हजार आदमी रहते थे, अब मुश्किल से पचास से सौ आदमी तक रहते हैं। पटना मगध-प्रजातन्त्र का सदर है। यहाँ बहुत-से राष्ट्रीय दफ्तर हैं। छापाखाना बहुत भारी हैं। बिना तार के तार का बड़ा स्टेशन है। वायुयानों का भी बड़ा अड्डा है। यहाँ के सभी निवासियों का प्रधान काम इन्हीं विभागों में काम करना है।

यद्यपि रहने के घर सभी एक-महले हैं; तो भी दफ्तर कई-कई तलोंवाले हैं। कागज-पत्रों का जो रेकार्ड-आफिस है, वह तो पूरे पचास तलों का है। नीचे से सबसे ऊपरवाले तल पर पहुँचना परिश्रम का काम है, इसीलिए यहाँ वही बिजली का झूला डोल ऊपर-नीचे आने-जाने के लिए है। इस कार्यालय में देश का प्रत्येक कागज बड़े यत्न से रक्खा गया है। कागजों को आग आदि से बचाने का पूरा प्रबन्ध है। इस दफ्तर में मगध-सम्बन्धी अंग्रेजी शासन ही के कागज नहीं, मुसलमान काल की भी बहुत सी सनदें आदि इकट्ठी की गई हैं। पटना की सबसे सुन्दर इमारत अशोक-भवन है। इसका नक्शा नालन्दा के 'वसुबन्धु-भवन' ही का-सा है, किन्तु इसकी शोभा उससे और अधिक है। इसमें सोने और संगमरमर का काम खूब देखने में आता है। विस्तार भी इसका 'वसुबन्धु-भवन' के इतना ही है। रंग-मंच के ऊपर बड़े-बड़े स्वर्णाक्षरों में लिखा है, 'एषे च मुख भुते विजये देवनं प्रियस यों ध्रम विजयो।'

भारत के प्रजातंत्र

पटना से चलकर, यद्यपि मैंने वर्तमान भारत के सभी प्रजातंत्र में दो-दो-चार-चार दिन दिये, किन्तु सभी जगहों की बस्ती, रहन-सहन एक-सा ही देखा। यद्यपि मैं रोज अपने रोजनामचे में अपने आस-पास की चीजों के विषय में लिखता गया हूँ, किन्तु यहाँ उसका उद्धरण करना पुनरुक्त मात्र समझ छोड़ देता हूँ। अपनी यात्रा-क्रम से, केवल सरसरी तौर से मोटे-मोटे परिवर्तनों ही का संक्षिप्त विवरण देता हूँ।

पटना के साथ ही मगध प्रजातंत्र को छोड़, मैं काशी-प्रजातंत्र के बनारस में गया। और परिवर्तनों के साथ बनारस ने भी बड़ा परिवर्तन आया है। न वह काशी करवट की करवट है; न कचौड़ी-गली, न उसकी कचौड़ी। गलियों का तो एकदम नाम ही नहीं है। बड़ी चौड़ी-चौड़ी सड़कें हैं। खुली हवादार जगहों में वही मकानों की शोभा है, जो पहले बतलाई जा चुकी है। यदि आज कोई आदमी बीसवीं शताब्दी के किसी मकान को ढूँढ़ना चाहे, तो नहीं मिल सकता। मुझे और भी उदासी मालूम हुई, जब मणिकर्णिका, दशाश्वमेध आदि पूर्व के गुंजान घाटों पर गया। यद्यपि स्नान के अवसर पर अब भी बहुत से स्नान करनेवाले आते हैं, सीढ़ियाँ पहले से भी सुन्दर और साफ हैं; बिजली की ताकत से चलनेवाली कुछ नावें भी गंगा में सपाटें मारती दिखाई पड़ती हैं, किन्तु अब वह घाटियों और पंडों की चहल-पहल कहाँ?

अब वह 'गुरु-गुरु' की कहनाई और कुंडी-सोटे की रगड़ाई कहाँ? नाइयों और मालियों का भी पता नहीं। पता नहीं कैसे हों, इस समय तो जब पैसादेव ही का पता नहीं, तो उनके अनुचरों का ठिकाना कहाँ? न अब दशाश्वमेध की सट्टी है, न विशेश्वरगंज का गोला, न साँड़ों-मुष्टंडों का पता। न अब तत्कालीन समाज की मारी हतभागिनी स्त्रियों के दालमंडी के कोठे। लोगों के रहने के मकान वही एक-महले। ऐतिहासिक स्थानों के चारों ओर खूब हरी-हरी खुली जगह दिखलाई पड़ती है। मन्दिरों को अब एक ऐतिहासिक चिन्ह समझ सुरक्षित रखा गया है। रुपये-पैसों का तो चढ़ावा सँभालना नहीं है। सारे बनारस इस समय केवल पचीस सहस्त्र नर-नारी निवास करते हैं, जो यदि पुराने मकान होते, तो एक कोने ही में आ जाते, किन्तु चौड़ी सड़कों और एक-महले मकानों और फूलों आदि के कारण पुराने बनारस भर में फैले हुए हैं।

बनारस के पास दो और प्रसिद्ध बस्तियाँ हैं, एक तो बरना उस पार तीन कोस पर 'ऋषिपतन मृगदाव'—जिसे पहले सारनाथ कहा करते थे—दस हजार आदमियों की बस्ती है। यहाँ अतिथि-विश्राम बहुत दूर तक बने हैं। बुद्धवादी बुद्धि के सर्वप्रथम यहीं उपदेश करने से इसका माहात्म्य भारी है। सारे भूमंडल के नर-नारी यहाँ आते हैं। स्थान अब बहुत रमणीय हो गया है। पुराने ध्वस्तप्राय स्तूप बिल्कुल नये बन गए हैं। दूसरा स्थान है—अस्सी उस पार काशी-विश्वविद्यालय। पहले से बहुत दूर तक इसका विस्तार है। अब पुरानी पाठशालाएँ तथा पंडितों की गृह-पाठशालाएँ तो हैं नहीं, किन्तु इससे विद्या प्रचार में कोई कमी नहीं है। सभी विद्याओं का अध्ययनाध्यापन पूर्व से भी अधिक व्यवस्थित रूप में काशी-विश्वविद्यालय में होता है। इसकी गणना भूमंडल के उच्च श्रेणी के विश्वविद्यालयों में है। साहित्य और दर्शन में उसकी बड़ी ख्याति है।

काशी प्रान्त की राजधानी बनारस है। गेहूँ की खेती तथा आम, अमरूद, बैर के बागों की यहाँ अधिकता है। खासकर बनारस जिले में उपरोक्त फल बहुत होते हैं।

इसके अतिरिक्त चीनी भी इस प्रान्त में बहुत होती है। पहले से नहरें यहाँ बढ़ गई हैं, किन्तु आबादी घट गई है।

इन्द्रप्रस्थ, वत्स, पांचाल, सूरसेन, मत्स्य, कुरु स्वतंत्रगण हैं। सूरसेन और मत्स्य में बीसवीं शताब्दी की अनेक रियासतें भी सम्मिलित हैं। अब उन रियासतों का कुछ भी चिन्ह नहीं रहा। भारत की राजधानी दिल्ली है, किन्तु खास शहर में पचास ही हजार की बस्ती है। स्वच्छता-सुन्दरता में बढ़ी-चढ़ी है। पुरानी इमारतें खूब सुरक्षित अवस्था में हैं। गेहूँ, चीनी, घी यहाँ से और जगहों में भी जाता है। तराई की ओर कागज के बहुत से ग्राम हैं।

पंजाब, काश्मीर में भी अनेक प्रजातंत्र हैं। एक की राजधानी लाहौर है। तक्षशिला विद्यालय फिर अपनी कीर्ति को लौटा पाया है। आयुर्वेद-शास्त्र में उसकी ख्याति सम्पूर्ण भूमंडल में है। गेहूँ तथा और अनाज, एवं चीनी के अतिरिक्त यह देश मेवे बहुत पैदा करता है। उत्तर तरफ पर्वतीय जनपदों में भेड़ों के बहुत से ग्राम हैं। ऊनी कपड़ों के बहुत से बड़े-बड़े कारखाने हैं। इसी ओर बिजली उत्पन्न करने के भी बहुत से स्थान हैं!

राजस्थान—इसमें पुराने राजपूताने की सारी रियासतों के देश सम्मिलित हैं। सबसे भारी परिवर्तन, अनेक रियासतों के एक होने के अतिरिक्त मरुभूमि का हरे-भरे मैदान के रूप में परिणत होना है। सिन्ध की बड़ी नहर ने, बीकानेर के पानी बिना जलकर बालू हो गए कलेजे को ठंडा कर, यह परिवर्तन किया है। अजमेर इसकी राजधानी है।

सिन्धु–पैदावार फल और अनाज दोनों ही की है। राजधानी कराँची जहाज और विमान दोनों का बड़ा अड्डा है। यहाँ से मैं सौराष्ट्र, गुजरात, मालव, विदर्भ और महाराष्ट्र में गया। तीनों में कपास की खेती बहुत अधिक होती है। कपड़ों के कई बड़े-बड़े कारखाने हैं। पुरानी हैदराबाद रियासत, उत्तर महाराष्ट्र, दक्षिण महाराष्ट्र, कर्नाटक और आन्ध्र इन चार प्रजातंत्रों में बँट गई है। इन प्रान्तों में भी कपास और कपड़ों के कारखाने हैं किन्तु चावल, चीनी की पैदावार बहुत है। द्रविड़ और केरल के अतिरिक्त लंका भी अब भारत ही में सम्मिलित है। इनके अतिरिक्त उत्कल, बंग, आसाम और हिमालय

आदि गण भारत के हैं। सभी जगहों की व्यवस्था-अवस्था बहुत ही सुन्दर है। निवासी आनन्दित तथा वसुन्धरा वसुन्धरा है। जगह-जगह बहुत से विद्यालय और विश्वविद्यालय हैं।

वर्तमान जगत् से उठ गई चीजें

पहले किसी प्रकार भी धनी बनने की बीमारी का बड़ा प्रकोप था। उस समय लोगों को ऐसा करने की स्वाधीनता भी थी। उस समय किसी वस्तु का मूल्य राष्ट्रीय आवश्यकता पर निर्भर नहीं था। धन की इच्छा वाले धनिक इस बात की कब परवाह करने लगे थे, कि अमुक व्यवसाय से देश का श्रम तथा जीवन बर्बाद होगा, या सार्थक? वह तो यह देखते थे कि बाजार में माँग किस चीज की है। बस, उसी की तैयारी के लिए बड़े-बड़े कारखाने खोल देते थे, जिनमें लाखों आदमी काम करते थे। शराब, सिगरेट, अफीम यद्यपि हानिकारक वस्तुएँ थीं, किन्तु उनकी उपज के लिए लाखों आदमी और लाखों बीघे भूमि बझी रहती थी। भला आजकल वह बात कहाँ चल सकती थी? यहाँ तो सिद्धान्त ठहरा, जीवन की सभी आवश्यक अहानिकारक, आनन्दप्रद सामग्री के यथेष्ट संग्रह में जहाँ तक हो सके कम से कम समय लगाया जाए, ताकि अवशिष्ट समय को लोग अपनी इच्छानुसार, अपने ईप्सित कार्यों में लगा सकें। पहले जैसे दरभंगा और मुजफ्फरपुर जिलों की बहुत-सी भूमि तम्बाकू पैदा करने में लगी रहती थी, अब वहाँ तम्बाकू का नाम नहीं। सिगार, सिगरेट, बीड़ियों के कारखानों का पता नहीं। शराब, अफीम ही नहीं, गाँजा, भाँग, चरस, ताड़ी आदि कितनी ही वस्तुएँ आज के संसार में पढ़कर तथा वस्तु संग्रहालयों ही में जाकर देखी जा सकती हैं। चाय, काफी, कहवा भी

अब व्यर्थ का व्यसन समझा जाकर विदा हो चुका है। खाने में छोटे-बड़े आदमी का भेद न होने से, साँवाँ, कोदों, मँडुआ (रागी), मोटे चावल आदि कितने निम्न श्रेणी के अन्न नहीं बोये जाते हैं। खाने के लिए फल, अनाज जो कुछ भी पैदा किए जाते हैं, उत्तम श्रेणी के। कपड़े-लत्ते, घर-द्वार, सवारी, बार-बरदारी में भी यही बात है।

पैसे का नाम उठ जाने तथा वैयक्तिक सम्पत्ति के न रह जाने से फल-फूल, खेत-बारी, कल-कारखाना सब कुछ राष्ट्रीय है और इसीलिए अब उतने कानूनों की भी भरमार नहीं। इनकमटैक्स का कानून, बन्दोबस्त कानून, कोर्टफीस, आबकारी, काश्तकारी, लगान, ज्वाइंट-स्टाक-कम्पनी आदि-आदि सैकड़ों कानूनों का अब काम ही नहीं है। दीवानी मामलों की जड़ ही खतम हो गई, क्योंकि धन-धरती किसी व्यक्ति की है ही नहीं। फौजदारी के कानून का आकार भी बहुत घट गया है, क्योंकि धन-धरती के अपहरण विषयक चोरी-डकैती आदि अपराध अब सम्भव ही नहीं। एक व्यक्ति का दूसरे व्यक्ति को शारीरिक या मानसिक हानि पहुँचाने का कारण अब नाममात्र ही रह गया है, क्योंकि इन सबकी जड़ वही व्यक्तिगत स्वामित्व था। शिक्षा का उत्तम प्रबन्ध, रोगों की उत्कृष्ट चिकित्सा, नीरोग, हृष्ट-पुष्ट, माता-पिता की वैसी सन्तान होना इत्यादि वह कारण हैं, जिनसे, जिन कोनों से पहले कितने अपराध हो भी पड़ते हैं, आज अपराध वहाँ नहीं या नहीं के बराबर होते हैं। अब अपराधों के दो ही मुख्य कारण हैं, मनुष्य-प्रकृति की जब तब की उद्धतता और अज्ञानता तथा स्त्री-पुरुष के सम्बन्ध। किन्तु इनसे भी पहले की अपेक्षा शतांश भी अपराध नहीं हो पाते; कारण है–मनुष्य-प्रकृति का बहुत भारी सुधार हो जाना, तथा स्त्री-पुरुषों का एकदम बराबर समझा जाना। आजकल स्त्री पर पुरुष का उतना ही अधिकार है जितना पुरुष का स्त्री पर। दोनों केवल प्रेम के बन्धन से बँधे हैं। जिस प्रकार दाम्पत्य बन्धन प्रेम के द्वारा ही बँधा है, वैसे ही वह तभी तक स्थिर भी समझा जाता है, जब तक कि वह प्रेम है। प्रेम के अभाव में इस बन्धन का सर्वथा उच्छेद हो जाता है। जब पति-पत्नी को एक-दूसरे की आर्थिक पराधीनता नहीं, समाज के विरोध का भय नहीं तो फिर वह कब

और कितने दिनों तक दिखलावे के दम्पती बने रह सकते हैं? इसका एक यह भी फल हुआ है कि अब पहले की तरह गुप्त व्यभिचार की अधिकता नहीं।

आजकल के संसार में कितने ही पेशों का भी अस्तित्व नहीं है। वकील, मुख्तार, सोख्तार, बैरिस्टर ही नहीं; मोची, भंगी, रंडी (वेश्या), भिखमंगे, पंडे, भाँट, मुजावर, कसाई, दूकानदार आदि भी अब नहीं रह गए हैं। खिदमतगार, लौंडी, आका भी नहीं। बाल-विवाह, अनमेल विवाह का भी पता नहीं। तिलक-दहेज, नाच-तमाशा, बड़ी-बड़ी बारात, हाथी-घोड़े-पालकी, आतिशबाजी आदि कुछ भी नहीं। देवताओं और पीरों के हटकों, पूजा, बलिदान और कुर्बानियों का भी निशान नहीं। जाति-भेद, रंग-भेद भी नहीं। पैतृक बीमारियाँ तथा राजरोग, कुष्ट, दमा, बवासीर, पागलपन, राज-यक्ष्मा, उपदंश, आदि सुनने में नहीं आते। इन बीमारियों से पिछली शताब्दी में राष्ट्र को बहुत युद्ध करना पड़ा है, तब विजय मिली। ऐसे सब रोगियों (नर-नारी दोनों) को औषधादि प्रयोग से सन्तानोत्पत्ति के अयोग्य बना दिया गया था, और उन्हें हटाकर पृथक् रक्खा गया था। यह काम बहुत कठिन था, और हुआ भी एकदम नहीं। किन्तु जब एक बार राष्ट्र ने अपने हित की बात को समझ उसे करने की ठान ली, तो भला वह काम हुए बिना कब रह सकता है? यह राष्ट्र ही के प्रयत्न का फल है कि पृथ्वी पर अन्धे, लूले, लँगड़े, बहरे, गूँगे, काने, बुद्धिशून्य तथा विकृत इन्द्रिय व्यक्ति खोजे नहीं मिलते।